FEIAS, QUASE CABELUDAS

Haroldo Maranhão

FEIAS, QUASE CABELUDAS
CONTOS

Seleção
Benedito Nunes

Organização
Marcelo Pen

Copyright © Haroldo Maranhão 2005

Coordenação editorial: Rogério Eduardo Alves
Capa: H. Theo Möller / designeditorial.com
Digitação: Eurídice Pennafiel
Revisão: Anderson Aparecido da Silva
Diagramação: Vivian Pennafiel

Dados Internacionais de Catalogação na Publicação (CIP)
(Câmara Brasileira do Livro, SP, Brasil)

Maranhão, Haroldo
Feias, quase cabeludas / Haroldo Maranhão. --
São Paulo : Editora Planeta do Brasil, 2005.

ISBN 85-89885-48-8

1. Contos brasileiros I. Título.

| 05-3588 | CDD-869.93 |

Índices para catálogo sistemático:
1. Contos : Literatura brasileira 869.93

2005
Todos os direitos desta edição reservados à
Editora Planeta do Brasil Ltda.
Alameda Ministro Rocha Azevedo, 346 – 8º andar
01410-000 – São Paulo-SP
vendas@editoraplaneta.com.br

Sumário

O nariz curvo
7

O negro e as cercanias do negro
17

Nas últimas
29

A rede, dona Bibi
43

O defunto e o seu melhor bocado
47

Danações do Dr. Arthur
65

Como as rãs
69

Movimento no porão
77

Vendredi-i
85

Um paraibano no rio
89

Amanhã embarco para a Basiléia
95

O batizado
115

Gravatas para o João
127

Observações de um gato
133

O poeta e a astróloga em Nova Iorque
139

Feias, quase cabeludas
145

Imaginária conversa em mesa de bar
151

Quiquiqui
159

O inventor
163

A mão
169

O leite em pó da bondade humana
177

Bibliografia
191

O NARIZ CURVO*

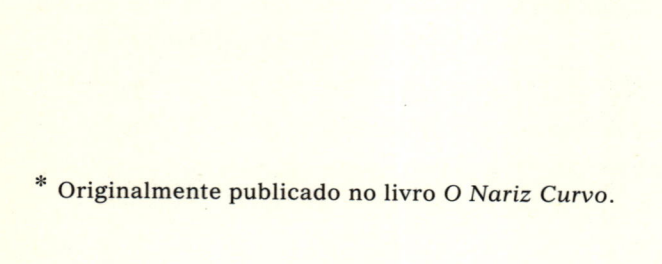

* Originalmente publicado no livro *O Nariz Curvo*.

À Cecília Z.

Nas casas-de-chá é raro eu beber chá, de jasmim por exemplo, que desse gostamos, não é, Samantha?, ei! presta atenção, Samantha, de flor-de-laranjeira quando estou nervoso, uma pilha como diz o Vô, que se todo mundo bebesse as pessoas não buzinariam tanto os automóveis, não se xingariam nem se matariam. Tu queres o quê, menino? Eu me distraio nas casas-de-chá e gozo, como o pau se alivia engasgado na mão. As tortas lustrosas das casas-de-chá. Fatias úmidas, de amêndoas, de nozes, me aborreço de não encontrar nunca merengues, sopa dourada, seria até de espantar servirem em terrinas sopa dourada, a massa quieta, fosca. Você não se decide, Tomás? Sim, mamãe, talvez uns pães e queijo do Reino fatiado, disse por dizer, de puro vício de comer no meio da tarde, que Ruiz passa, ele me disse, três e até quatro dias sem comer e não morre. Tomás, não quero mais te ver com esse moleque da rua, filho de uma lavadeirazinha, que só anda descalço e fuma e quem fuma bebe. Te ponho de castigo se te encontrar novamente com ele. Eu!, eu posso até perder o último filme do Rambo que está passando, perco o meu sorvete de sábado, mas do Ruiz eu gosto pra caralho, o Ruiz me ensinou como se faz pipa, nós íamos de canivete buscar talas no mato, ele sabe tudo, esta aqui não serve, muito fraca, pode partir se o Oeste ventar, precisa prestar atenção na tara, que sem a tara certinha pipa não sobe. A linha. O cerol. Tu já fodeu, Tomás? Fodi não, só punheta. E tu? Eu já. Já? Ahah, nem te conto. Me conta, Ruiz, me fala como é que é. Sim, sim, mamã, pode ser um copo de mate frio. Só? Só. O olhar de Tomás devagar passeia pelas toalhas de xadrez, limpas, a cadeira é pesada, ele se eleva no assento sem que percebam, dois, três dedos acima do assento, e com as mãos tenta erguer a cadeira mas não consegue, a cadeira parece feita de chumbo. As xícaras são alvas e espalha-se um cheiro de massa folhada. Ele aspira lento os cheiros que vagam no salão, mistura de chás, açúcar queimado e tortas e tortas e tortas. Tomás abrange com fastio as outras mesas. Pessoas curvam-se sobre xícaras que liberam vapor, os pratos estão sujos de bolo esmigalhado, de recheios cremosos e farelos de brioche. Tu conhece a italiana, a da Cantina? Sim, sim. A filha, tu sabes? Estou sabendo, sim. Pois foi ela. Mas Ruiz!, ela não é mais velha que a gente, sei lá, uns oito anos? É. Mas ela me puxou uma tarde para a casa dela.

Foi arrancando a roupa e pegando na minha pica, a pica já estava um ferro. Ruiz, se fosse outro eu pensava que era a maior das mentiras!, puta merda: a filha da italiana!, aquelas coxas retas, as coxas da mãe a mesma coisa, parecem irmãs. Os olhos de Tomás param no prato de cristal de empadas que Helga traz da copa com ar triunfante. Teve vontade de encher a boca de empada, umas duas de uma vez, a massa ruindo pelos beiços, o camarão como se macerado de mistura com areia de praia de rio. Resistiu pensando na fome do Ruiz, que só às vezes se alimenta. O Ruiz numa casa de chá!, sentadinho de roupa de marinheiro!, os pés sofrendo no sapato de pelica de carneiro, sem fumar nem nada, sem dizer palavrão. Pensou em Ruiz e decidido afastou do pensamento as empadas, que podia continuar vivendo sem as empadas da Helga, sem chás, como o Ruiz. Aí ela disse mete, pegou na minha pica ajudando a enfiar, porra, eu estava nervoso, tremia, e me esporrei logo. Ela ficou puta, disse dá o fora seu merda, me olhou com ódio limpando o lençol do mingauzão. Ainda pude reparar na bunda dela, branca de nunca pegar sol, me vesti mais depressa e saí sem darmos uma palavrinha. Olha aí, Ruiz. Ruiz olhou e viu um escorpião sumindo entre as folhas. Disse puta la madre, quase. Tomás bebeu o copo de mate e respondeu à Helga que não queria mais nada. Nem uma esfirra?, um croquete? Tomás franziu o nariz e deteve-se nas pernas de Helga sumindo pela porta da copa, o pau mexendo-se na calça. Porra, Ruiz, tu tá fedendo, tu não toma banho? Foda-se, Ruiz puxou uma tragada, em frente seguindo pela picada que ia dar na cachoeira.

O mato tem muitas vozes, só depende de se prestar atenção. Tomás caminhava na cola de Ruiz, gato espreitando ratos, o cheiro de Ruiz sujava o ar que emigrava das árvores e da terra plena de umidades. Vamos, menino, tu parece que vive na lua! Ã? Tomás acompanhava o trajeto de uma formiga esgueirando-se na sombra do prato. Soprou, a formiga agarrou-se nuns fios de linho da toalha, mas Tomás soprava, soprava, louco tornado que arrastou a formiga para o abismo e antes de cair contundiu-se na parede. Menino! Se pudesse ficar ficaria agachado entre as mesas para ir no encalço da formiga, tangendo-a para a frente, para os lados, do alto imobilizando-a a sopros fortes, que ela não pudesse mexer-se, capturada, soltá-la, de novo prendê-la, enquanto amava bem de perto as pernas de Helga. Tomás!!! Porra, seu filho da puta, não precisa gritar. Vamos tomar banho de cachoeira? Vai que eu fico embaixo desta árvore. Tomás é hábil e tem a sabedoria de manipular escorpiões. O escorpião foi elevado a um palmo dos olhos, pinçado no exato sítio e na exata pressão do indicador e do polegar, arrebanhado no preciso ponto a igual distância da cauda à cabeça. A cabeça agita-se, os ferrões são gumes afiados, que tentam atingir os dedos e na impotência debatem-se. Tomás olha calmo enquanto saca do bolso o canivete. Faz refletir o sol nos olhos do escorpião, demora-se na tentativa de cegá-lo. Aproxima a lâmina aberta das pernas marchadoras e cerce decepa as duas. Tomááááás! Tomás põe à feição o bicho para de um golpe cortar o apêndice caudal, certeiro golpe. Hoje estou sem imaginação, ele fala e ninguém escuta, e com a mão livre alisa o pau. Ri, quando aproxima perigosamente as tenazes da glande inchada. O escorpião é todo raivas e esforça-se por alcançar o tubo duro que se mexe sem coordenação. Tomás mantém submisso o inimigo, risco não há. E aí, tu só fudeu essa vez? Só. A Lina, merda, acho que estava louca por uma pica, porra, Tomás, a gente sente um frio quando a pica entra. Tomás mergulhou devagar a cabeça do escorpião na água. Primeiro roçou o nariz?, os olhos?, na pele da água, só roçou, para assustar. Mas logo o submergiu, as tenazes agitavam-se, e quando Tomás compreendeu que as forças se esgotavam e iam findar, retirou-o. O escorpião reconquistou as forças de novo tentando atacar, mas os dedos de Tomás eram tenazes calmas, que poderiam esmigalhá-lo se quisesse. Tomás tornou a mergulhar a fera, que perdia energias. Media-lhe a vida, pela agitação maior, menor, e quando esta cessava, retirava o corpo ofendido e mirava-o de perto. Está molhadinho, está?, está com frio? Acendeu um fósforo e aproximou da criatura encharcada. Acendeu outro, outros, os palitos ardiam fazendo evaporar a água do corpo rugoso, agora rubro. Não, não e não, não quero elezinho febril, não e não. E Tomás repunha-o abaixo da linha d'água, cheio de cuidados, o rio fluía gelado.

   Ruiz retornava quando Tomás num veloz golpe torou as restantes pernas marchadoras, revirava-o na luz, examinava-o. Ruiz espreitou sem compreender as ocorrências e piscou, tique nervoso, quando Tomás riscou outro palito deixando-o arder na intercessão das tenazes, as tenazes reagiam agora debilmente. O fogo era incessante, mal um palito apagava-se e outro acendia-se, até que Tomás avaliou que o escorpião estava a muito pouco de parar e então atirou para o lado o fósforo pela metade. E rápido mergulhou o moribundo no rio, tendo tido a impressão de que o escorpião alguma força recobrava. Tomazinho, meu amor, quer uma fatia de marmelada e uns biscoitinhos antes de dormir? Não, mamã, eu comi as maçãs e bebi o leite. Deus te abençoe, meu queridinho, sonha com os anjos. Tomás fechava os olhos quando beijava a mãe, apertava-a como se ela fosse fugir. A mulher que comprou duas tortas na casa-de-chá e levou-as para casa tinha enorme o nariz, nariz curvo. As coxas eram longas e pareciam duras, lhe deu um súbito tesão, o pau doendo na roupa. Enquanto a mulher esperava que Helga embrulhasse as tortas, contra a luz desenhava-se o curvo nariz, o nariz é que aumentava o tesão de Tomás. Dela, dele nascia uma presença forte, de mãe, de puta, de assassina. Tomás examinou o escorpião num feixe de sol e ele com dificuldade se mexia, a água gotejava de mistura com matérias que dele se despregavam. Ele segurava por um dos ferrões que lentos, muito lentos se movimentavam, sem qualquer possibilidade de cravar-se na carne adversa para instilar o fel e a vingança. Poderia soltá-lo. Ele não fugiria porque vivia o alento final, mas o mantinha pendurado como se segurasse, pelas patas, um caranguejo. Ou um nariz arrancado do rosto e judiado. Curvo nariz. Restava um filamento de vida, chegou a pensar em calcá-lo com todo o peso, varrendo da frente as sobras com o sapato.

Ruiz só faltava partir os dentes uns contra os outros, tremia, tinha ganas de bater, bater, chutar, arriar sangue da cara do Tomás, mil vezes socar até cair de cansado. Tu é mesmo um grande filho duma puta, seu viado. Pegou-o pela camisa e sacudiu-o como se fosse dar-lhe muita porrada. Rápido largou um escorpião, dos grandes, por dentro da camisa dele.

Bom retiro, fevereiro de 1985.

O negro e as cercanias do negro*

* Originalmente publicado no livro *O Nariz Curvo*.

À Maria Elisa G.

O negro era um negro que se deslocava como se pisasse em molas. Dele emigrava vento de pobreza, foi no que ela pensou, vento de pobreza, de homem que usa os braços, sua a camisa. Bem que se esforçou para desviar os olhos mas não conseguia, um imã sujeitando-a. O negro ia em frente feito navio que gingando avançasse na manhã. A química das glândulas repunha na linha da aragem a cerveja da véspera, sardinhas, cebolas, salsichas. A brisa nele gerada causava desconforto na mulher, como se houvesse destampado lata de carne de porco em decomposição, embaixo mesmo do nariz. Poderia ter interrompido a caminhada, sentando-se no meio-fio para aspirar cheiros que carregam alegria, como os vindos do mar por exemplo. Não obstante prosseguia, e até acelerava a marcha, que as passadas à frente eram passadas de mais de um metro. A camisa de malha estampava escandalosamente esta inscrição: MAKE YOUR MOVE e aderia ao tronco de onde o suor despencava em bagas. A malha esgarçara-se do uso e desbotara. Possivelmente vestira outra pessoa que a pôs fora ou terá sido um marinheiro que lhe deu, após a noite de álcool e mulheres na Praça Mauá: MAKE YOUR MOVE. Ela sorriu enchendo os pulmões: MAKE YOUR LLLLLOVE. Se ela isso lhe dissesse, não entenderia. Sentia cansaço mas sustentava o passo nas imediações das espáduas do negro, no seu vácuo. E os olhos rolavam da coxa para a meia laranja das nádegas, para a placa dos rins. Cintura de bandolim da Andaluzia, imaginou, e de novo sorriu. Ardia-se por avançar as mãos nas carnes de osso. Mas como?, como? Se ousasse, colidiria na carnadura que eram chapas que se superpunham e atritavam-se. O negro cambiava, cambiava sim. Ou seria alucinação? Agora, era uma prancha de navio, verticalmente movendo-se, que logo se mudava em contraforte de castelo.

 Súbito, o negro estancou. Estancou também à distância de centímetros. É como se houvesse roçado o dorso de uma caldeira de siderurgia vazando calor. Simultaneamente ela caminhou para a borda da calçada, o limite da areia. Procedeu como se tivesse querido simplesmente mirar as águas, o céu ou as pessoas que se deitavam buscando não mais que nirvana e sol. Angustiava-se a mulher. Temia voltar-se e o negro haver ido embora. Quis proceder como as rainhas procedem, ou as da sua classe e condição, que se afundam na paina das almofadas e apenas giram a cabeça, os olhos comandam sem pressa porque não têm pressa, o copeiro espera as ordens, a cozinheira ferverá a água para o chá quando isso lhe for dito, servos há para trazer o gato, para levar o gato, para depilar-lhe as pernas, especialista para massageá-la a óleo de amêndoas regado no corpo, abrindo-lhe as pernas como se abre o compasso e deixando o lubrificante verter para o sumidouro, a polpa do dedo pressionando para cima, para baixo, para cima, para baixo, o óleo expandindo-se e os dedos seguindo-lhe o trajeto enquanto ela se abandona e finge dormir. Voltou-se fazendo circular o tênis de pluma. A três metros o negro exercitava-se, dez flexões, cem flexões, mil flexões, suportando o corpo pela extremidade dos artelhos e pela palma das mãos. Os braços elevavam e baixavam ritmadamente o tombadilho de granito que subia, descia, o couro roçando o betume, apenas roçando. Tentou contar as flexões porém o animal resfolegando mais a perturbava. Em transe é como se sentia, em transe. Os lingotes de ferro, flectindo-se, fundamentavam a laje de ardósia, que desidratava molhando a pedra.

Iam e vinham pessoas, arrastavam-se como podiam arrastar-se, as peles!, as artérias dificultando o sangue circular: a caquexia a passeios. Desafiadoramente sentou-se. Que lhe importaria que se supusesse que parara porque o negro parara? Sem mais recato nele agora se detinha, testemunha das crispações do homem mexendo-se sem hesitar no ritmo, faiscando de suor como se o houvessem untado de claras de ovos. Velhos, velhas impunham-se andar e passavam. O costume de assisti-los transitar condicionava-a a um ver sem ver, mais pressentindo a procissão para a morte, enquanto ela quase tangia a vida – ali – ostentando arrogâncias. Os que passavam consumiam restos de forças, logo iriam parar, deitar, teriam juntados mãos e pés. Ela talvez recordasse o das pernas em arco, o que de chinelos mal avançava entre 7h e 8h, antes de 7 nunca depois das 8. Imprimia velocidade, as que lhe consentiam as pernas, parêntesis abarcando a genitália sem mais uso há muitos anos; o das pernas em arco veio hoje, virá amanhã?, não virá nunca mais? Entre cem, mais de noventa finarão antes do outono, ela estimou. Pelo menos estarão sem mais aptidão de andar, a família os reterá na cama ou na poltrona. Então, por que temê-los, recear-lhes o reparo? Qual a importância de lhe adivinharem o temor e o calor, o querer doar-se?, o submeter-se ao deus que a ignorava e cujo flanco queimava de tanto adorar sem mais pudor? A mulher considerou o acaso de andar em viagem o dono e senhor da carne que ora se ofertava. Seria seu homem, o ausente, e ela a mulher dele?, ou o costume, o só costume?

Sabonetes, óleos, espumas, mil frascos, mil aromas, todo um mundo os esperava e bastaria ousar: vamos? Simples, uma palavra, cinco letras: vamos? A casa era uma casa a librar entre montanhas, como se crescesse mata de eucaliptos nas salas, nos quartos, impregnando de essências os linhos, as paredes, o colchão de plumas. Assim vivia, entre cheiros que erram e logo substituem-se, perfumes obtidos das magnólias, do alecrim, do cedro, do jasmim-do-cabo.

Estremeceu quando o negro saltou como se acionado por trampolim que o repusesse verticalmente: promontório a pique. Precisou mirar o infinito para abranger-lhe a cabeça na peanha do pescoço, pelo qual águas desciam perdendo-se em touceiras a jusante. O olhar da espectadora subia, descia, parou no tórax, lápide de aço e couro, couro e aço sob tensões que ameaçavam rompê-lo em tiras. Vacilantemente o olhar elevava-se, desabava. Fixou-se na sunga: onde uma enguia se enovelava, enovelavam-se enguias, acúmulo de répteis. O batimento do coração entrou em descompasso, como se fosse parar e quase pára. Coxas. O abdômen que pulsava. Pernas. Tudo parecia suportar forças que não havia como subjugar. Os pés, duas alvarengas.

O negro surpreendeu o olhar que lhe arrancava a sunga causando-lhe comichões, e logo as enguias engordavam. Dúvida não teve: é minha, agora se quiser agora, é minha. A mulher teria cinqüenta? Nela entretanto pulsavam energias, latejavam. O negro adiantou um passo em sua direção e o passo acuou-a. Ela intimidava-se e mesmo que desejasse escapar não lograria mais. Uma cumplicidade estabelecera-se. Ele captou intensidades e urgências e também compreendeu que ela lhe temia a brutalidade, o medo envolvendo-a em bolha de vidro no interior da qual perdera o poder de decidir. Ou a decisão era uma decisão como a morte é a morte, e todas as inevitabilidades que ninguém muda. Acintosamente o negro sentou-se a seu lado e ela tremia, ao avaliar ter ido além de todas as medidas, mas afastou a idéia de fugir. Encolheu-se como os animaizinhos se encolhem, mais apequenando-se, quase enjeitando-se. Pelos orifícios do corpo entravam-lhe o azedo da cerveja, o fermentado da comida engolida em pé no bar horas atrás. Recebeu no rosto a afronta das cebolas.

Se na véspera houvesse alguém idealizado semelhante encenação, repeliria como se repelem disparates, ela! Ali!, a haver-se com um negro!, aqueles bafios! O suor tudo circundava porque a brisa cessara, o mormaço, aumentava o fartum, fartum dos que destilam merda pelos sovacos. O olhar do negro bolinava-lhe os peitos. Ela sentia deslizar gosmas pelas coxas. Em momento nenhum o negro temeu malogro, porque sua ascendência impusera-se. Especulava-a como se examinasse um ser de outra estrela e que ele magnetizava feito a lagartixa magnetizando a mariposa, com ela brincaria como os gatos brincam de rolar e desenrolar novelos de lã. Imaginou carregá-la nos braços, entrar no botequim e ordenar-lhe: bebe isto, come aquele croquete de mosca, enquanto passeava-lhe a mão pela bunda, metia-lhe o dedo por cima do vestido e ela fechando os olhos, gostando.

A mulher queria ir embora e queria ficar. Puxou a respiração e recebeu o vento de sal que a encorajou. Ela agora publicava energias, júbilos que a remoçavam. O homem nela prestara atenção. Olhava-a. E ela intuía a fome de carne que os olhos entornavam. Muitas vezes mirava-se no espelho quando saía da banheira e achava-se a mulher de trinta anos, o perfil não mudara, o rosto, enfim, cobrira-se de traços do estar sempre só ao lado de um homem que dormia todas as noites, todas as noites, todas as noites, que a enxergaria como irmã, amiga, agastarem-se não se agastavam, amigos, irmãos que se estimam, que se amam, se admiram e se respeitam. Ele nunca lhe mostrara os nervos e a carne da paixão, nunca, e ela resignara-se. Mas o demônio assaltava-a e acutilava-a e ela saía em demanda do prazer, quantas vezes ao lado mesmo do homem a ressonar, gastando-se como um círio. Meses podiam passar, mas súbito chegava a intimação queimando-a de exigências às quais se submetia, ela mesma premiando-se e fraudando-se.

Pela primeira vez ela o rosto elevou, diretamente mirando o negro: nos olhos. E ansiou por que ele a guiasse, pousando em sua mão a mão de granito, amassando-lhe os rins, aliciando-a e ela cedendo, caminhando sem necessidade de se falarem. Temeu sugerir-lhe que lavasse o corpo. Os brutos ofendem-se. Poderia dar-lhe as costas, sumir. Jamais ela o vira antes. Por acaso ele surgira na calçada. Saltara do ônibus, amanhã seria noutra praia ou em praia nenhuma, viajaria para outro país se fosse embarcadiço, ou mecânico de automóveis que havia acabado um serviço ali defronte e antes de ir embora resolvera andar, mergulhar, fazer flexões. Ela não se via a si mesma de novo o encontrando, não, não, seria agora ou nunca mais, aquele negro era um negro que comia ovos e cebolas e tomava cerveja, e da pele escorria suor que o vento secava, mas permanecia o cheiro das salsichas, para ele bastaria um banho por mês, para que escovar os dentes? Ela arrepiou-se recordando o endodontista: colônia de bactérias, ele avisou, e a designação incomodou-a, ela nem podia admitir, colônia de bactérias, o corpo reagia a calafrios e a só idéia de bactérias movendo-se nas gengivas, nas paredes da boca, atingia-a como perdigotos, hálito de gente que não usa dentifrícios, águas para bochechar, fios e fitas para a assepsia dos interstícios não alcançados pelas cerdas da escova, fricções, bochechos, mesmo que comesse uma fruta no meio da manhã. Seu hálito era hálito de menina de quinze anos que parece que mastiga todas as horas talos de cedrinho, de pétalas de rosas, de bogaris.

A impressão é que a cabeça rolava no pescoço, era a vertigem, e despencava pelo escuro da morte. Relutou em abrir os olhos, não desejava abri-los, tinha medo de abrir os olhos para a luz, temia a luz, forças faltavam-lhe. A primeira manhã depois de haver deixado o sanatório fora assim, queria dormir, dormir, não acordar nunca. Encolhia-se como os recém-nascidos, a postura dava-lhe conforto e calma.

Recordou o negro que tocava trompete sobre si mesmo dobrando-se, ele recurvava-se, a cabeça parece que aproximando-se dos pés: a posição de feto no centro do palco. Não encarava a platéia, não porque não suportasse encará-la, sem dar-se conta de que desejava tornar ao útero de onde não teria querido sair. Ela apequenava-se mais e mais quando sentiu que levemente a tocavam no ombro. Atemorizava-se de abrir os olhos, a cama era o seu espaço e nele gozava segurança. O travesseiro de penugem de passarinhos, milhões e milhões deles, milhões, talvez nem meio quilo de penugem, em que o rosto agradavelmente afundava. Escutou seu nome e a voz vinha em conduto que decompunha o chamamento e o deformava, a freqüência que apenas lembrava a em que se entendia, a voz parecia-lhe voz de casa e ao mesmo tempo voz de pessoa que ouvisse pela primeira vez. Abriu as pálpebras devagar, relaxou as pernas, cedeu a tensão dos braços, soltou-se na cama. As mãos roçavam em grãos de areia, estranhou a areia nos lençóis, por que esta areia nos lençóis?, esta areia me irrita, me coça, me aflige. O marido sossegou-a, calma, calma, você caminhou na praia mais do que devia, fatigou-se, deitou-se e dormiu, foi assim. O homem em pé diante dela afrouxando a gravata, mirava-a com curiosidade. Ela pressionou um botão ordenando que trocassem os lençóis enquanto corria para a banheira de água fumegando. Ela nauseava-se, podia ser ilusão, as narinas impregnadas de cheiro de cebolas, que subiu quando destampou o frasco de sais.

Praia do Flamengo, 1982.

Nas últimas*

* Originalmente publicado no livro *O Nariz Curvo*.

À Maria A.

No domingo 2 de novembro de 194*, Jasão Canabrava acordou na hora do costume, pelas sete horas. Era seu último dia de vida e ele não sabia. Sabia Deus, que Deus sabe o fim dos homens. Jasão Canabrava terá chegado a dormir? Ou o último sono foi sobressaltado?, a ponto de zumbido de besouro bastar para despertá-lo? Nos dias precedentes desabava em longas sonolências: exercícios de morrer. Ele está magro, horrível, falava Maria a Aragão. Será? Será o que, mulher?, deixa de azarar Seu Jasão, o homem é madeira-de-lei e vai passar por esta. Maria acreditava e falava por falar, nem imaginando que o homem estava vivo ali e já estava morto. De Jasão Canabrava vinha cheirum de flores murchas. Tu tem lavado o homem? Tenho sim. Tem mesmo? Tenho, Aragão. Corto as unhas, ponho água dessas perfumadas que ele tem no banheiro, troco os lençóis, varro o quarto. Tudo. Tudo mesmo? Tudo.

    Eu tive uns sonhos medonhos, Maria. Nem te conto. Foi, Seu Jasão? Foi. Um prédio desabava e eu via de alto a baixo o prédio caindo como se fosse de brinquedo. Se desarticulava. Se o quê? Se desarticulava, se desmanchava como se os andares tivessem sido grudados a cuspo. A o quê? A cuspo. Depois eu via um navio enorme, um transatlântico. O navio pegava fogo e afundava, os passageiros gritavam, era enorme o alarido, a confusão. Foi? Foi. O prédio caindo e o navio pegando fogo. Tu sabias que a filha do Dr. Quebra Pinheiro tem uma suíte alugada no Pálace Hotel? É, é? E por que o senhor está rindo? Nem sei. Acho engraçado a filha do Dr. Quebra Pinheiro ter suíte no Pálace Hotel. Francamente, não sei onde o senhor encontra tanta graça nisso. São os tempos, Maria, a filha mais nova do Dr. Quebra Pinheiro, uma criança, ter suíte alugada no Pálace Hotel. E as tuas regras, têm vindo direitinho? Te limpa, menina, lava bem os sovacos, te extrata. E o Jasão Levinshon? Está na escola, o senhor, então não sabe? Quando o Lauro chegar tu diz que eu quero falar com ele. Quem? O Lauro. Lauro? Sei não, Aragão, ele vive trocando as coisas. Há três dias que eu te falo. Te chamou de Lauro, me chamou ontem de "Quatorze-vinte-e-oito". Foi preciso eu gritar com ele e aí ele se calou, porque senão eu acabo doida. O Seu Jasão olha para mim, só estamos os dois em casa, e me chama assim: Vem cá, "Quatorze-vinte-e-oito!"

Não, não, dada disso, mulher burra. Ele apenas se lembra e fala, a gente não entende porque não sabe. É isso. Ele se recorda de casos passados antes de teres nascido. Hoje é sexta-feira, Maria. Não, Seu Jasão, é domingo. Não teima, é sexta-feira.

Jasão Canabrava não andava mais. Maria arrastava-o na cadeira de balanço. Às vezes empurrava como se fosse cadeira de rodas. O senhor não sai mais de casa, não? Quando quiser sair eu saio. Não precisava vir com brutalidades. Epa, estava só querendo ajudar, levar o senhor para a praça, pegar um solzinho, um vento. Está amarelo feioso. Eu sei que sou feio e estou magro. Outro dia tomei um susto danado me vendo no espelho. Mas também não usa a sua dentadura! Está se entregando. Olhe, Seu Jasão, as pessoas quando se entregam a doença toma logo conta. Me entregar? Eu? Eu luto, menina. Luto. Só Deus sabe. Me levanto pego sol. Mas o sol não queima pele doente. Tu não vês então que eu fico na janela apanhando sol? Horas. Me interesso pelas coisas. Ora, me entregar! Eu? Jasão Canabrava se entregar? Nós dois podemos ficar a manhã toda apanhando sol, eu e o Jasão Levinshon. Pois o sol só queimará ele, sol queima menino, eles ficam vermelhos e depois morenos. Vamos. Vamos dar um passeiozinho pelo corredor. Pelo corredor, Seu Jasão? Vamos é para a praça. É só descer. As pessoas passam, algumas param, o senhor conversa com elas, vê-se ônibus, carro, vê-se gente. Nós senta num banco como antigamente. Não. Já disse que não. Quem ia era outro homem. "Hihi, você nem imagina como ele ficou. Magro-magro, um palito. Desfigurado. Eu acho que ele está envergonhado dos estragos que a doença tem feito. Não sai mais de casa. Tirou um retrato 3 x 4 para a carteira de INPS que você nem reconhecerá seu pai Jasão. Outra pessoa. Muitíssimo diferente, um homem liquidado. Horrível, a pele colada, mas colada mesmo, nos ossos do rosto, a gente pode ver direitinho um a um os ossos do rosto. Levei um choque tremendo quando o vi. Você é fraca, Hihi, não venha, você vai levar um choque maior ainda. Depois, vir para quê? Você teria coragem de limpar ele depois de ele fazer as necessidades?" Venha, Seu Jasão, se levante, não fique aí paradão que o senhor já acabou. Venha. Sente um pouco no bidê que nós hoje vamos fazer boa limpeza nos países baixos. Maria, eu amanheci hoje muito triste. Estou reduzido a um esqueleto, você não vê? Presta atenção para o que eu vou te dizer: estou acabado. Nas últimas. Não me venha com essas conversas, Seu Jasão. Senão o senhor bate o pacau mesmo. Falar atrai. Sabia? Estás pensando que eu vou morrer?, estás? Pois ainda tenho muitos anos de vida pela frente. Quero ver o Jasão Levinshon na universidade. Esse irá em frente, podes gravar em bronze, mãe desnaturada. "Hihi, ele acha graça de tudo. A boca com os beiços levantados fica impressionante. Ele se embala na rede, não sei como ele faz, que ele já não tem forças nas pernas.

Quando quer se levantar ele se encoraja: "Ânimo, Jasão Canabrava!". Acho que ele não sente dor. Pela razão de de vez em quando achar graça, aquele riso sem dentes que a gente conhece. Me incomoda aquele dente dele, o que restou. Tenho vontade de chamar o Dr. Abdoral e mandar arrancar o tal dente que não serve para mais para nada. Quando não está rindo nem se embalando na rede, cai numa sonolência e quando desperta fala coisas que ninguém entende." Chama lá embaixo o Graciliano, menina. Agora! Já! O senhor disse o quê?, Graciliano? "Ele ouve as perguntas, pelo menos parece que ouve, mas não responde. Fica olhando sobre os ombros das pessoas, parece que para outra pessoa atrás. O que você acha que pode ser? Será que está variando? Eu sempre ponho o termômetro mas não está com febre, pensei que delirasse. Às vezes, lhe confesso, tenho um certo medo. Já lhe disse, Hihi, é outra pessoa, outra. Só vendo. A sonolência está aumentando e se tornando freqüente. Onde o deixam ele dorme. A cabeça desaba no peito ou no ombro."

Não se pode dizer que o Jasão Canabrava almoçou no dia 2 de novembro de 194*. Àquela difícil operação podia chamar-se almoço?, morosas, difíceis deglutições? "Ânimo, Jasão Canabrava!", ele incentivava-se. "Hihi, o jantar dele geralmente começa pelas 4 da tarde e acaba quando já é noite. A tal mulherzinha isso ela tem, paciência. Fica horas ao pé dele, horas. Umas cinco horas ou mais, você já pensou? E todo aquele sacrifício para quê?

Para sobreviver mais uns minutos. É ou não é? Ela bota nele um babador. Um babador, veja só. Porque senão ele se baba todo feito criança. As papas e os líquidos custam muito a descer, voltam, descem pelos beiços e escorrem."

No jantar do dia 2 de novembro de 194*, Maria prepara para ele uma sopa de legumes macerados na peneira. A sopa estagnava na boca. Parece que haviam tapado a garganta. As colheradas entravam, ela inclinava-lhe a cabeça e a colher, fechava os lábios mas o alimento refluía. O que estará me acontecendo hoje?, que a merda desta comida não desce? Experimente tomar um gole d'água depois de cada colherada. Assim vai. "Foi como desceu, minha irmã. Aquela teimosia de comer ou o costume de comer, pela idéia de que se precisa comer, porque do contrário se morre. Ele não se cansou nem se irritou. Cooperava, insistia, bebia a água depois da sopa para empurrar a sopa. Hihi, já não é mais comer, é uma obstinação. As mãos ficaram geladas. Os dedos inchados. Amarelo que só vendo."

Maria parece que já havia se acostumado, só podia ser. No que ela olhou para Jasão Canabrava, em dado momento, viu a magreza e a amarelidão do pouco de sangue e não agüentou: chorou. Ele não percebeu aquele choro de repente. A sonolência havia de novo chegado, o pescoço perdeu a força de sustentar-se e caiu como se feito de pano, a boca vazando baba. Dormiu e roncou. Mas não era ainda a morte, a morte negaceia, faz que vai mas não vai. Deve haver um treinamento de morrer e Jasão Canabrava disciplinadamente treinava, alguém o treinava: olha, Jasão, é assim. Isto. Assim, assim. Muito bem. É. Você deixe cair assim a cabeça e então pare de respirar. Feche os olhos que morrer de olhos abertos é feio e assusta as pessoas. Ótimo, Jasão, ótimo. Feche os olhos e finja que está dormindo. Não pare de respirar, vá parando devagar. Agora acorde que não será agora. Me abana, Maria. O senhor sente calor ou sente o quê, Seu Jasão? Me abana, me abana. Ânimo, Jasão Canabrava! O ar faltava-lhe. Precisava do oxigênio para alimentar o pulmão restante. O ar entrava à força, abanado, pela mesma forma que a sopa, empurrada. O senhor vem parecendo agora tão alheio, tão indiferente a tudo. A casa podia desabar que não fazia a mínima diferença, me diga se estou falando mentira. "Pensando bem, Hihi, eu acho que você devia vir. É sempre uma presença, a sua. Depois, é preciso botar esses dois no seu lugar. Esse Aragão parece o dono da casa e o pai uma espécie de hóspede. Eles já sentiram que o velho está mesmo no fim, desinteressado agora de tudo. Depois dos difíceis almoços ele é levado para a sesta na rede. Queres saber de uma? Não sei não, mas acho que ele tem medo de morrer, alguma coisa me diz. Ele sempre pareceu forte, arrogante. O que ele gasta de farmácia ninguém acredita. Há gavetas e gavetas cheias de remédio. A mulherzinha lhe sapeca remédios penso que de meia em meia hora."

No domingo 2 de novembro de 194*, Jasão Canabrava anunciou que na terça-feira iria para o hospital, mas de maca. Eu quero ir de maca numa ambulância. Mas, papai, não há necessidade, podemos ir de táxi, o senhor está ótimo. Olha, Nildo, cada qual sabe de si. Eu já não me agüento mais. Ora, papai, não se esqueça de que o titio chegou aos 113. E o senhor com 86 está querendo dar o prego? Por que tu és tão teimoso? Quem vai pagar não és tu, sou eu. Depois, não quero ficar nesta joça quando os pintores chegarem. O cheiro da tinta acabará me asfixiando e eu seria bem capaz de arriar morto. "O Nildo, é claro, só estava querendo encorajá-lo, dar uma sacudidela nele, um empurrão. Já eu deixaria ele ir mesmo de maca, por que não? Tenho certeza de que ele sente é vergonha da magreza. Por que não ir de maca? Está na cara que chegou, desta vez, à beira da morte."

A horas de morrer Jasão Canabrava mostrava pudores do semelhante, não queria expor-se como estava, estragado. Embarcar num táxi: de pijama? Ele? Iria em ambulância. De maca. Quando saísse do elevador puxaria o lençol para cobrir o rosto, ninguém o veria assim como havia ficado. Terminantemente não iria de táxi. Vestir de novo o terno preto? Pôr a gravata que endureceu de tanto suor no pescoço? Calçar os sapatos, pegar o guarda-chuva, que nunca saía à rua sem o guarda-chuva? Jasão Canabrava sentia vergonha do corpo. Antes do almoço do domingo 2 de novembro de 194*, quando despertou da última sesta, Jasão Canabrava foi embarcado na cadeira de balanço e arrastado. Devia ser fácil arrastar a cadeira de balanço austríaca, leve, leve também o homem entanguido de poucos quilos, que pele pesa pouco, ossos consumidos só um pouco mais. Uma criança faria o serviço transformando-o em brincadeira, para a frente e para trás levando o moribundo roído por dentro, que havia ficado do tamanho e peso de um menino de 10 anos. Aragão, liga a televisão que hoje tem jogo do Corinthians. O senhor não se distrairia mais com o programa do Silvio Santos? Tu sabes muito bem que eu prefiro futebol.

Às 6 da tarde do domingo 2 de novembro de 194*, Jasão Canabrava estava lúcido. Ouvia bem. Pronto respondia, embora lapsos ocorressem. Chega o médico Dr. Vidônio, seu amigo, para quem mandara telefonar a semana toda e que só agora o atendia. Examinava-o. Como é, meu compadre? Quem está aí? É o Dr. Vidônio, Seu Jasão. Não sei quem é Vidônio. Nome escroto: Vidônio. Jasão Canabrava não gracejava, estava sério, amuado. Desfeiteava o médico que o ignorara. Dr. Vidônio apalpava-o. Ã, ã. Onde dói? Não estou sentindo nada. Dr. Vidônio voltou-se para os presentes: está morrendo, Jasão Canabrava não estava morrendo. Dr. Vidônio tomou-lhe a pressão arterial. Qual foi a minha pressão? Maria, pega o meu caderninho que eu quero anotar. Jasão Canabrava encarou o pernambucano Aragão, marido de Maria e pai de Jasão Levinshon e perguntou: Quem é esse aí? Sou eu, o Aragão. Jasão Canabrava aparentemente não desejava mais saber se seria Aragão ou outro. Chegou a mulher de Nildo. E essa aí quem é? A Dona Mel, Seu Jasão.

    Dona Mel decidiu hospitalizá-lo. Telefonou pedindo ambulância. Precisa de soro, talvez de transfusão. Jasão Canabrava percebeu a movimentação. Maria, tu já foste fazer fofoca! Houve quem opinasse sobre a desnecessidade de levá-lo para o hospital: se ele estava morrendo. Estava sim. O prédio enorme desabava. O navio grande pegava fogo, afundava, havia alarido e confusão. Não houve confusão nem alarido. Ele soube desempenhar o papel. Fez que estava dormindo, fechou os olhos, ficou quieto na cama, o corpo de menino embaixo do lençol. "Hihi, morreu em silêncio. Não houve bulha no quarto. Aquela mulherzinha chorava baixo, o Aragão acho que chorou por dentro, não despregava o olho do corpo. Eu tinha certeza de que morreria sem sofrimento. Também soube o minuto exato em que parou de respirar, meu cachorro avisou." Como foi a sua passagem, como é a ultrapassagem? É fácil?, o salto para um outro espaço? É claro ou é escuro? E se se enxerga se enxerga o quê? Jasão Canabrava tinha medo de tudo, de golpes de ar, de gripe, de janela aberta à noite. Na tarde de domingo 2 de novembro de 194*, quando o empurravam na cadeira de balanço austríaca, assustou-se: Maria, cuidado para não esbarrares na parede. Tinha medo de sofrer um baque, simples baque apavorava-o. Cuidado, menina! Deve ter cravado as unhas nas palmas das mãos

Nas últimas

quando deu o passo adiante e pisou o chão que não se sabe de que é feito, se há mesmo chão ou se se fica no ar como as borboletas. Hesitou mas o arremessaram para a frente. Ganhou então coragem e incentivou-se: Ânimo, Jasão Canabrava!

Praia do Flamengo, 1984.

A REDE, DONA BIBI*

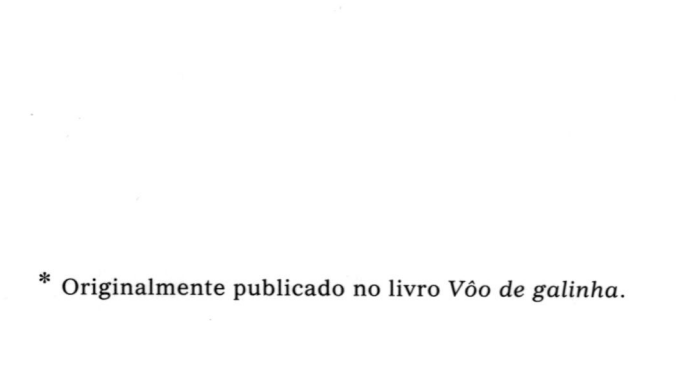

* Originalmente publicado no livro *Vôo de galinha*.

A morte de dona Bibi foi assim: a boca hiante, através da qual precariamente se ligava à vida respirando pelas derradeiras vezes. Hiante. Por isso é que há mais de trinta anos persegue-me a palavra – hiante. O resto já estaria morto ou quase morto, a cara severa dos defuntos, baixadas as pálpebras, o corpo sem frêmito qualquer, os pés desinteressados de movimentarem-se. Ninguém acreditaria que pudesse ela erguer-se e andar, como se a pobre da dona Bibi fosse contemporânea de certos fatos reportados no Novo Testamento. Pela boca, hiante, não acho que se operasse respiração, o ar entrando, saindo, no ritmo usual, não. Presumo hoje que seria mais um ronco, ronco talvez; não que ronco se teria percebido de alguma forma típica. Então ronco decepado, digamos cujo som não se percebesse por haver cessado, as vibrações sonoras extintas. Olhava eu a boca hiante, e pela abertura agoniados eram aqueles ares finais, que não oxigenariam mais o coração, nem a ele ao menos chegariam, nem aos alvéolos dos pulmões, pulmões e coração sem mais função, a instantes de parar e entrarem a deteriorar-se. Seria provavelmente tentativa de falar, quem sabe?, mas falar o quê?, pedir água, chamar alguém, desculpar-se? Desgostava-me ver dona Bibi naquela cama Fawler de lençóis brancos esticados, de travesseiros brancos, de brancas paredes: de hospital. Dona Bibi deveria era ter morrido na sua rede, que rangia dia e noite incomodando os vizinhos. Nós a teríamos embalado de leve, confortando-a e, quem sabe, obtendo-lhe que reabrisse os olhos e os olhos agradeceriam, talvez sorrisse pela última vez. Dizia dona Bibi que quem inventou a rede está no céu.

O DEFUNTO E O SEU MELHOR BOCADO*

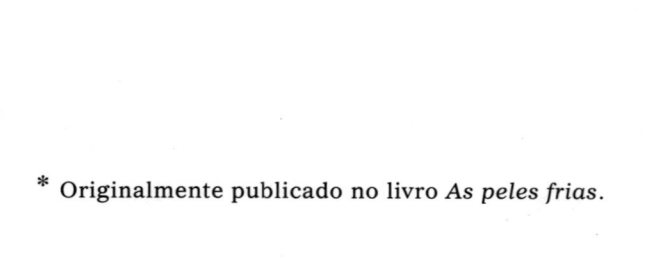

* Originalmente publicado no livro *As peles frias*.

Xavier foi quem deu a notícia por telefone.
— Te agüenta aí. O Salada. Foi de repente. Há uma hora mais ou menos. Tu vai lá, mas agora. É preciso que tu vá. Tem um negócio que eu não sei e ninguém sabe resolver. Não posso falar daqui. Vai, vai. Lá tu sabe. Porra, não disse que daqui não estou podendo falar? É um assunto delicado, não posso falar. Merda, tás perdendo tempo.

Maída estava de cara inchada, abracei-a, que é que a gente vai dizer numa hora assim? Havia duas ou três pessoas na sala, não reparei direito, deviam ser parentes. Ela olhou-me firme nos olhos, como para certificar-se se eu saberia alguma coisa. Ora, eu não sabia de nada, o Xavier fizera mistério. Me pegou pelo braço e abriu a porta do quarto onde o Salada estava nu na cama. Tomei um susto:
— Mas o que é isso?

Maída disse que não sabia como é que tinha acontecido aquilo, morrer, morrera, estava morto, mas é como se via. Ela explicou que logo no começo tentaram baixar, mas voltava, como se tivesse mola.

Entraram o Xavier e o homem da funerária. Maída retirou-se, fechou a porta, evitando que mais pessoas vissem o Salada naquelas condições.

— Tu tá vendo que merda?

O homem da funerária opinou que o jeito seria amarrar na coxa, estava resolvido.

Como é?, protestou o Xavier. Que é que há, ó cara?, isso é sacanagem com o Salada, é sacanagem com a Maída. Amarrar, não, não tem essa de amarrar.

— E como é que o senhor quer que faça?

— Eu fui te buscar pra isso, pra resolver, vocês têm prática, sabem como se faz.

— Mas o senhor já reparou o tamanho? Quer ver?

Retirou do bolso uma fita métrica e mediu: quarenta e cinco centímetros!

— Puta que o pariu!

— Agora vejam os senhores. O defunto é gordo. Os senhores estão vendo, muito gordo.

Empurrou com habilidade e levemente o corpo, adernando-o.

— Olhem as nádegas. Nádegas enormes. Muita gordura, muito volume. Em condições normais, o caixão já seria largo, tinha que ser largo, o homem é grandalhão, olhem o diâmetro das coxas. Nem precisa medir, é só ver. Não amarrando como é que será?

— Olha, esquece essa de amarrar.

Virou-se para mim:

— Tu não acha? Sacanagem, tu já viu? Sacanagem com o Salada. A gente baixa, mas não fica, volta para o mesmo lugar, parece o joão-teimoso, tu quer ver? Epa! Envernizou.

Xavier segurava-se, pendurava-se com as duas mãos, como se agarrasse alavanca, para cima, para baixo, para os lados, nada. O homem da funerária, mais forte que o Xavier, segurou firme e puxou com um safanão e é como se estivesse querendo flexionar um poste de amianto.

— Envernizou. E agora? Olhem só que cagada. Puta merda, parece que o Salada está ouvindo, essa porra aí de amarrar, de sacanearem com o cacete dele, puxar, amarrar com barbante na coxa, essa porra aí. Pois envernizou, agora é que eu quero ver. Mas vocês já viram que senhor caralho?! Quem diria, heim, o Salada, heim?, puta la madre, com todo esse instrumento de fazer babar. Porra, ele com toda essa gordura, eu pensava que devia ter um pau pequeno, gordo não sei por que tem pau pequeno. Pois olhem aí que cacetaço! Como é que a Maída engolia isso tudo?, olhem a grossura, grossura de fundo de garrafa de cerveja. Três pernas. Descanso de carroça.

Interrompi-o e dirigi-me ao homem da funerária:

— O senhor o que acha? Afinal, nós temos que encontrar uma solução, o problema está aí na cara e não pode esperar.

— Bem, devo confessar que esta é a primeira vez que tenho um problema assim. Não é fácil! Amarrar, já se viu, não pode mesmo mais.

Discretamente entrou Maída, começando a inquietar-se, percebendo que a solução não se achava e que um silêncio se fizera quando entrou, como que evitavam constrangê-la. Brava mulher, pensei, porque outra estaria dando escândalo nos braços das amigas. Alguém bateu à porta e ela apressou-se a cobrir o corpo com um lençol. A cama transformou-se numa tenda árabe ou numa barraca de *camping*. Quem entenderia isso? Era a sobrinha do Salada, que, ignorando o que se passava, fez observação sensata.

— Já vestiram o titio? E por que está assim todo coberto? Mas o que é isso?

Xavier saiu-se bem:

— Maída e a moça aí, vocês deixem, podem deixar conosco que nós vestimos.

Retiraram-se as duas e o homem da funerária achou conveniente mesmo vestir-se o cadáver, a rigidez se opera relativamente rápido. Mão-de-obra foi metermos o brutamontes dentro da roupa, os três suamos com o esforço, o Salada não cooperava.

Novamente Maída entrou, muito tensa ela estava e trêmula, eu a levei para um canto.

— Escuta aqui, Maída, como é que foi acontecer isso?
— Como é que eu vou saber?
— Foi a primeira vez, essa?
— Não. Sempre ficava assim.
— Vocês... vocês estavam?...
— Não eu estava dormindo. Acordei com um ronco feio, fui ver, ele estava morrendo.
— Dormindo, você estava dormindo?
— É. Dormindo.
— Mas... vocês não faziam?
— Claro, ora.
— Mas como é que você estava dormindo?
— Nós já tínhamos feito, aí pela meia-noite, e eu dormi. Acho que ele dormiu também, não sei.
— Vocês fizeram uma segunda vez?
— Não, só uma.
— E sempre era só uma?
— Bem, geralmente era só uma. Demorada, né?
— Você desculpa, Maída, essas perguntas todas, mas creio que a gente devia ouvir um médico. Sei lá, e para você seria penoso falar disso a um estranho. Com um amigo velho é diferente. Você fala tudo, que um detalhe pode ser importante, nunca se sabe.
— Mas falar o quê, Gabriel? Olha, a gente fazia todas as noites.
— Todas as noites? Sempre, sem falhar, é o que você quer dizer?

— Todas as noites. A gente gostava, né?
— E ficava sempre assim como está?
— Sempre.
— Não te doía, não?
— No começo era incomodatício. Mas depois...
— Quantas vezes?, fala.
— Uma só, já disse. Mas demorava, né?
— Escuta, Maída: entrava só um pedaço? A metade? Ou ia tudo?
— Tudo.
— Como é que pode, Maída? Tudo, tudo? Até o fim?
— É.
— E quando acabava, quando vocês acabavam, continuava rijo assim?
— Isso eu não sei, porque eu dormia logo.
— Alguma vez, vocês fazendo amoleceu?
— Não, nunca.
— É! Todas as noites! Sempre duro, não é?
— É.
— Escuta, e quando você acordava por acaso de madrugada?
— Olha, Gabriel, eu vou ser franca, me dá vergonha, mas tenho que dizer. Às vezes continuava duro sim.
— E ele?
— Ele dormia, até roncava e a ..., o ... continuava como sempre.
— Vocês faziam de novo?

— Ó Gabriel!

— Você me perdoa, Maída. Mas preciso saber.

— Me dava vontade, é lógico. Acordar eu não acordava ele, me encostava, fazia que esbarrava com força como se estivesse também dormindo, sabe, não? Ele acabava acordando e aí a gente começava outra vez.

— E era bom?

— Ora, Gabriel.

— E demorava?

— Sempre, né? Você sabe que o Salada era muito calmo. Não tinha pressa.

— Ele sabia fazer, não é?

— Que é que você acha?

— E depois amolecia logo?

— Olha eu vou falar a verdade, me dá vergonha, mas você precisa saber tudo, né?

— Fala, fala tudo, eu vou conversar com o médico, pode ser importante. Fala, Maída, eu sou um irmão.

— O Salada é que dormia logo. Eu, nem sempre. Às vezes ficava acordada e aí acendia a luz do abajur e ficava olhando, sabe? Agradando de leve, devagar, era meu, né?, tenho certeza de que era só meu, disso eu tenho certeza.

— Mas ele estaria dormindo mesmo?

— Claro, dormindo. Tenho certeza.

— Dormindo ferrado?

— Ferrado.

— E não amolecia?

— Nem um pouco. Nada.
— Em pé ou meio inclinado?
— Em pé.
— Bem para cima?
— Isso. Não ficava inclinado. Pra cima mesmo. Horas.
— Horas?
— Gabriel, e o que vocês resolveram aí? Como é que vai ser?
— Não sei ainda não, Maída. Não se chegou a conclusão nenhuma. O homem da funerária disse que assim nunca tinha visto. Ele estava querendo amarrar na coxa.
— Amarrar?
— É. Mas agora não dá. Envernizou.
— Envernizou como?
— Envernizou, empedrou. Ficou rijo como um vergalhão, ninguém consegue nem mexê-lo. O Xavier tentou, o homem da funerária fez força, tentou demais, nada. Parece pedra, aço. Quer dizer: agora não se pode amarrar.
— Ah, não. Amarrar eu não permitiria. Que é que há? Não se respeita mais os mortos?
— Sei, sei, Maída. O Xavier e eu também nos opusemos. Não íamos deixar. De jeito nenhum. O Salada não merecia esse troço ridículo. Amarrar!
— E como é que vai ser, Gabriel? Estou ficando já nervosa. Essa gente aí na sala. Ninguém está entendendo a demora. É preciso vocês fazerem alguma coisa, mas já.
— Olha, eu acho que a gente devia ouvir a opinião

de um médico, como eu já disse. O Xavier telefonou inda pouco para o Dr. Rafael, um amigo nosso que às vezes aparecia pelo bar. Conhecia o Salada, é gente fina, gente nossa. Ele resolve isso, fique descansada, tenha um pouco de calma.

Dr. Rafael baixou mais a calça do Salada e aplicou uma forte bofetada com o dorso da mão. Percebeu-se que sentiu dor, disfarçou o que pôde, deu para a gente avaliar que sentiu dor seca, como se houvesse batido com força numa coluna de cimento armado. Com raiva, agarrou a pilastra e tentou sacudi-la, como se sacode um arbusto ou um patife.

— Não adianta não, Rafa. O cacete do menino aí é de aço, nem trator. Tás perdendo o tempo. Que porra de pau mais filho duma puta!

— Dr. Rafael não falava, mas percebia-se o seu estarrecimento.

— Escuta, ó Rafa, tu já viu na puta da tua medicina caralho aí desse porte? Pau para representar o Brasil nas Olimpíadas, pau de museu, puta la mierda! O Salada, heim?, modestinho, heim?, quem diria? Ah eu com um pau desses!

Dr. Rafael me chamou, fez sinal quase imperceptível para o homem da funerária e ignorou o Xavier.

— Temos que amputar.

O Xavier escutou:

— Tás brincando ou o quê? Que é que há, Rafael? A gente chamou um médico, tu não é médico?, não chamamos açougueiro.

Maída novamente entrando no quarto, seu olhar cada vez mais agoniado. A ela se dirigiu o médico:

— Minha senhora, lamento muito acredite, mas não vejo como se possa resolver esse problema de outra forma. Só com a amputação.

— De jeito nenhum, doutor, não vou consentir semelhante desrespeito. De jeito nenhum.

Foi quando, claro se escutou um pufffff.

— Peidou. Ouviram? O Salada peidou. Tão vendo? Não está gostando nada dessa história de cortar o pau dele. Você desculpe, Maída, mas nunca ouvi na porra da minha vida tamanha sacanagem. É grossa sacanagem e eu também não admito. E o Salada também não: protestou como pôde, peidou. Tinha até muita graça cortarem o pau do meu amigo! Não corta não, ninguém corta que eu saio no braço. O Salada era gente, e eu duvido que ele deixasse cortar o meu pau, o pau do Gabriel e até o teu, Rafa, se tu tivesse competência para ter um pau desse aí, pau de exposição internacional de Bruxelas.

O homem da funerária aproveitou ligeira pausa de Xavier, em crescente exaltação, e deitou água naquele começo de incêndio:

— O senhor me desculpe, Dr. Rafael, mas creio que

há implicações legais, não poderá ser assim, a amputação que o senhor lembrou.

— Claro, porra. Tás pensando o quê, Rafa? Que é puxar o canivete, a faca da cozinha e zapt, e lá se vai o belo mimo, é? Tem que ter guia da polícia, não é?, tem que ser médico-legista. O homem tá morto, caralho. Só pode tocar nele um médico-legista e não aqui na cama, merda. E lá na pedra do Instituto Médico-Legal. Na pedra.

— Não e não. — Maída falou e falou firme. Não vou permitir isso com ele. Não autorizo. Está acabado. Não autorizo.

— Ninguém vai permitir, Maída. Pode ficar sossegada que filho da puta nenhum vai injuriar ele não.

Se pudesse, Dr. Rafael teria sumido daquele quarto, daquela gente, daquele defunto. Merda. Pensou, sou mesmo um merda, até um fodido de um papa-defunto me dá lições de deontologia médica. No que dá ser burro, não abrir livro, não procurar os colegas ilustres. Se não freqüentasse bares, e bares de má qualidade, não teria conhecido esses tipos nojentos. Salada! Isso lá é apelido de gente! Esse outro cafajeste que me ridicularizou e a quem nem posso responder porque não tenho mesmo moral, sou um médico de bosta, que nem de defunto sabe tratar!

O homem da funerária voltou-se para a viúva. Serenamente falou, mas de forma resoluta:

— A senhora desculpe-me, mas preciso de instruções. Temos de confeccionar a urna. A senhora sabe, urna especial. Espero que compreenda minha pressa, mas o caso reclama urgência. Se a senhora aceitasse uma opinião...

— Cortar, não corta. Se é a isso que o senhor se refere.

— Bem, facilitaria tudo, quero dizer, resolveria tudo, tudo se resolveria num minuto.

— Não, já disse que não. Está resolvido, senhor: não!

— Nesse caso, suponho que a senhora está querendo que a urna seja ... como direi?, que a urna abarque todo o conteúdo, não é assim?

— Não sei. Mas me parece claro que sim. Isso é com o senhor. O senhor é que é o técnico.

— Eu já disse aos meus amigos que esse é um caso único. É a primeira vez, nunca nos apareceu nada semelhante. Além do mais, o senhor se marido era um homem muito gordo, só isso já requeria uma urna fora da marca.

— De qualquer forma o técnico é o senhor. Tome as medidas e mande executar. Não é assim que tem que ser feito?

— Não sei não. Acho que não seja tão simples assim. Veja bem, minha senhora: de que formato seria a urna? No formato habitual, duplicando-se, triplicando-se ou mesmo quadruplicando-se a altura?

— É. Não é?

— Não, acho que não. Suponho que excederia o espaço do carneiro. É. Não daria para entrar na gaveta. Não daria, quer ver? Olhe: mais de um metro de altura! Praticamente das mesmas dimensões do comprimento, que o falecido também não era alto. Um pouco mais e a urna seria quadrada. Não pode. Não dá.

— Ó meu camarada, tás grilando a cabeça aqui da viúva. Porra, se não dá num carneiro, enterra no chão, ué. Não dá na gaveta, dá no buraco. O buraco não tem sete palmos? Merda.

— Mas não é só o problema do local da inumação, carneiro ou cova rasa. Não é só esse o problema não. Os senhores sabem, as urnas depois de receberem os corpos são preparadas, são decoradas com flores. É assim, todos sabem. Muito bem. Enche-se de flores, entope-se de flores, cobre-se tudo, tudo bem. Mas a cabeça? A cabeça tem sempre que ficar de fora, quer dizer, a cabeça não é, não pode ser recoberta de flores. Certo? E antes da inumação, o padre encomenda o corpo, a tampa é removida. E como explicar-se ao padre e aos presentes o tamanhão da urna, um desproposito, e a cabeça do morto lá embaixo da montanha de flores? Não dá. Não estão vendo que não dá?

— Mas meu senhor: então como é que vai ser?

— Veja lá. Se fizermos a urna na altura usual e aumentarmos só na parte ... como direi?, na parte do..., da...

— Do pau, porra. Fala logo português. Do pau, na altura do pau.

— Enfim, se fizermos um acréscimo recortando no formato estritamente necessário, queira me perdoar, senhora, mas seria um escândalo. Duvido que o padre benzesse, duvido. E acabaria havendo complicações até policiais, a inumação enguiçaria. Que enguiçaria, enguiçaria. E o tempo passando, como já está passando até demais, e a decomposição se processando. Seria escandaloso, a imprensa logo tomaria conhecimento, sabe como é. Depois, o sepultamento de semelhante urna não seria fácil: como aplicar-se o tampo, como fazer funcionar o tampo da urna? Não sei mais. A senhora resolva, os senhores resolvam, mas resolvam o quanto antes.

  Vindas da sala, cresciam ondas de vozes crispadas, percebia-se a impaciência, todo mundo falava alto, uma tensão pulsava e avolumava-se. A sobrinha do Salada e o noivo, um atleta de dois metros, plantaram-se junto à porta não permitindo o acesso de ninguém. Mas a impaciência era geral, nem parecia mais velório. Desconhecidos entravam pela casa e engrossavam aquela gente toda comprimida na sala, querendo saber o que havia, o que estava acontecendo realmente, o porquê daquela demora, por que não se podia ver o defunto, por que o defunto não fora ainda removido para a capela, por que não chegara o caixão, ninguém dizia nada, ninguém falava nada, ninguém ali na sala sabia de nada.

  Até hoje, nunca se soube quem telefonou para a polícia. O certo é que a polícia chegou, dois agentes foram

abrindo espaço e acabaram por forçar a porta do quarto e entraram na maior rompância, gritando:
— Polícia!
Atrás deles a multidão irrompeu pelo quarto, arrancou-se o lençol que cobria o defunto:
— Epa!
— Meu Deus! Mas o que é isso?
— Olha só, gente, o tamanhão!
— O homem tá vivo!
— Como é que pode?
A confusão estabeleceu-se, falavam todos, gritavam todos, a histeria das mulheres, empurrões, pisadelas, ninguém se entendia. Um dos policiais sacou do coldre o revólver e detonou para o alto. Com o estampido, houve a debandada, escapou-se até pela janela. Foi quando alguém gritou:
— Ei! Olhem! Olhem o defunto!
— Porra, roubaram o pau do Salada! Roubaram o pau do Salada!
Até hoje, também nunca se descobriu quem decepou e escondeu a admirada tromba. Quem terá sido? Houve quem sustentasse haver sido o próprio homem da funerária, na ocasião do estampido e da debandada. Aproveitara-se da balbúrdia e julgara de simplificar o problema do ponto de vista da funerária. Seria só telefonar: "caixão normal, número maior, que o homem é gordo". Pronto. Não acreditei e não acredito. Nas barbas da polícia? Não, ele nem

teria presença de espírito, não ousaria. Certamente não ousaria. A viúva? Pobre Maída. Certamente que maltratada e ferida como se achava, não lhe acudiria semelhante idéia, macabra idéia. E entretanto para ela convergiram os olhares dos que permaneceram no quarto, como se tivesse sido ela, como se só pudesse ter sido ela! Ora, como teria ela podido esconder a volumosa peça? Um desconhecido, entrado de roldão com os policiais? Não, não, não faria sentido, os que entraram da sala de nada sabiam, ninguém teria podido planejar e aquilo fora obra planejada, quem quer que tenha sido chamou a polícia, propiciou a confusão; previamente armara-se de afiada lâmina, sabia o que queria, esperou só o momento certo, o minuto exato. Mas quem?

Depois de muito refletir estes anos todos, cheguei a uma conclusão. Nunca a ninguém transmitiria isso, como jamais transmiti, muito mais que mera suspeita: certeza. Calmo, eliminei suspeitos, afastei dúvidas, cotejei hipóteses, avaliei reações, nas mãos sopesei possibilidades, a frieza de cada qual; e firmei minha convicção em base de cimento armado. Mas que importância teria isso hoje, tantos anos já passados? Maída até já casou de novo e tem, parece, uma filha desse outro casamento. Quem mais se interessaria pelo assunto? A quem interessaria hoje saber que o veloz cirurgião, o sôfrego cirurgião da clava insigne, da relíquia possivelmente conservada num frasco de formol, ou preservada por um taxidermista sigiloso, outro não foi senão o Xavier?

Danações do Dr. Arthur*

* Originalmente publicado no livro *Vôo de galinha*.

Ao hóspede de Dr. Arthur causou impressão quando à noite se levantando para ir ao banheiro, escutou sons de amor no quarto do hospedeiro, viúvo, octogenário, morando na companhia de empregada de não mais de vinte anos que lhe fazia o serviço todo. Como não acreditasse em audições sobrenaturais, concluiu o hóspede do Dr. Arthur que este justamente, e sua funcionária, seriam os protagonistas da inconfidência. E incorreu na fraqueza, se se preferir, ou teve a compreensível curiosidade de investigar. Estando a porta entreaberta, mas semi-iluminado o aposento, vinda a claridade da rua, de gatinhas se pôs e insinuou-se até divisar a façanha extraordinária: Dr. Arthur, a menos de vinte anos dos cem de pé como um centurião romano, desferia ataques vigorosos, enquanto pressionada contra o flanco do guarda-roupa, subia a rapariga a alturas pouco chegadas. O hóspede do Dr. Arthur, de joelhos como os bebês, deslumbrava-se afogueado e mais intrigado quedou-se quando escutou que dela nasceu a iniciativa de pôr termo ao embate, chega, por favor, chega. Dr. Arthur desalojou sua arma esplêndida, sopesou-a na palma da mão como se sopesasse barra de ferro, numa arrogância de campeão. E calmamente desafivelou larga tira elástica atada à cintura, enrolou-a no singular artefato e tudo recolheu na gaveta central de severa cômoda de mogno, digna de um antiquário.

Como as rãs*

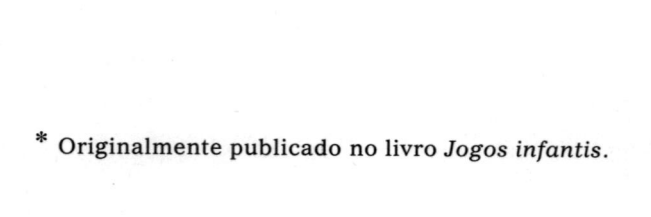

* Originalmente publicado no livro *Jogos infantis*.

Quando se pega sarampo, não sei o que dá na gente, uma inquietação, umas coceiras, de noite não se consegue sossegar. Pelo menos comigo, quando tive sarampo cabeceava de sono, queria dormir mas não dormia, ficava horas de olho arregalado no escuro, vendo elefantes, gatos, cadeiras, bondes, aquelas coisas se mexendo, como quando se olha as nuvens e algumas parecem brinquedos, pessoas, árvores, xícaras. Nunca fui dessas crianças que choram de noite para chamar atenção. Eu, não, agüentei firme o meu sarampo, doer, não doía, apenasmente não encontrava jeito de dormir. Mas quando que eu ia incomodar minha mãe?, minha tia, a avó?, acordar as pessoas de casa como faziam o Lauro e o Dinho? Não ia adiantar mesmo, ia? Então ficava inquieto na cama, que não havia quem não pensasse que eu dormia, mas o sarampo não deixava eu sossegar. Medo de escuro foi coisa que nunca senti, feito o Lauro, que se mija de medo se não deixam uma luz acesa no corredor, que ele pensa que luz espanta fantasma, ora espantar!, que se fantasma atravessa parede como é que vai fugir de luz? Mas o Lauro sempre teve dessas bobagens, grandíssima bobagem, que mal ele dormia vinha nossa avó e apagava a lâmpada, que ela dizia que nós não éramos sócios da Pará Elétrica. Foi durante aquele sarampo que escutei uns rumores a princípio abafados, falatório que foi crescendo, parecendo mais discussão, mas em voz baixa, no quarto da minha mãe. Me levantei, a porta do quarto da minha mãe estava só encostada, acho que para o caso de eu chorar. Menino descalço nem arranha o chão, de tão leve, mesmo no silêncio da madrugada. Me encostei na porta entreaberta e ouvi direitinho a minha mãe gemer: "Ai! ai! ai!". gemia tão alto que me assustei, parecia estar tendo um ataque, sentindo muita dor de tanto que ela gemia. Quase que entro no quarto para ver o que acontecia, que ela estava tendo alguma coisa, que estava, estava, alguma dor. Mas eu, hein!, que o meu pai podia ralhar e até me bater. Foi quando ela quase gritou, a minha santa mãezinha, e o meu pai fez um bruto psiu que eu não gostei nada, ora bolas!, se ela gritava era porque alguma coisa doía e ele não fazia nada, só dizia psiu, nem sei já por que psiu, que elazinha só fazia gemer de dor, coitada. Aí eu vi ele pegar o travesseiro e pôr na cara da minha mãe. Então eu passei a ouvir bem baixinho os gemidos, mas também, pudera!, com toda aquela abafação no rosto, que podia muito bem sufocar ela, até matar. Confesso que começava a considerar tudo aquilo muitíssimo esquisito, o meu pai não fazer nada, não se levantar para buscar um remédio, ao menos um copo d'água com açúcar. Aí firmei a vista, mas firmei bem, e vi: eles estavam nuzinhos-nuzinhos, talvez pelo calor, mas o meu pai estava por cima da minha mãe, amassando ela e ela querendo gritar e ele não deixando ela gritar, pobrezinha, que devia estar sofrendo agüentando aquele pesão. Em dado momento percebi uns movimentos que não estava entendendo. Ele saiu de cima e aí foi a minha mãe que ficou por cima dele, montada como se estivesse montando um cavalo. Tinha parado de gemer, acho que a dor tinha até passado, mas eu não me conformava, a minha mãe cavalgando o meu pai e ela se mexia toda como se o cavalo do meu pai estivesse galopando mas ele não galopava, ficava parado, ela, sim, se mexia e remexia, pulava mesmo, como as rãs pulam, isso, a minha mãe parecia uma rã saltando, mas saltava no mesmo lugar, para cima e para baixo, e foi quando eu vi direitinho ela entrar-sair-entrar no negócio do meu pai, que estava em pé, parecia um cabo de vassoura, só que mais grosso, e a minha mãe entrava e saía bem rápido, com ligeireza incrível e aí é que os dois começaram a gemer, como se estivesse doendo, "ai, ai, ai, ai", mas ele, não sei por quê, dizia: "mais, mais, depressa, depressa", e ela aumentava a pulação de sapa, era tudo mais do que esquisito, eu queria fazer alguma coisa para acabar com o sofrimento da minha mãe, coitada, ali naquela triste posição, fazendo uma força danada e ainda gemendo de tanta dor, mas ele não, ele, o durão, que se arrebentasse, mas elazinha, coitadazinha da minha mãe, padecendo e gritando cada vez mais alto, que se eu estivesse dormindo seria bem capaz de acordar, que agora os gritos eram muito altos, que só não acordavam o Lauro e o Dinho porque eles têm mesmo sono de defunto, mas talvez a Tia Dulce tivesse acordado. Minha cabeça estava numa confusão tremenda, quis correr para o quarto de Tia Dulce e pedir socorro, mas ao mesmo tempo tinha impressão de que aquilo era e não era dor. Foi quando de repente senti um estalo forte, e vi direitinho a mãozona do meu pai dar uma bofetada na minha mãe, enquanto ela falava: "bate, bate, bate" e ele então sapecava mais bofetes, pleque, pleque, pleque, e ela gemia, gemia de dor mas pedia mais, e eu de cabeça ardendo, sentindo as pancadas como se fossem em mim, nervoso, confuso, eu tremia de medo, queria fugir, sair correndo para a rua e nunca mais voltar, mas ficava grudado no chão, os olhos não se despregavam daquela cena maluca, eles estavam completamente doidos, o meu pai batendo na minha mãe e ela pulando em cima dele feita lesa de hospício e gemendo, gemendo, mas pedindo que ele batesse mais e mais e ele batia que eu escutava, até que de repente caíram um para cada lado e eu só ouvia aqueles suspiros, a minha mãezinha coitada devia estar cansadíssima e com o rosto doendo de tanta tapona do bruto, que eu não sei como não invadi o quarto e bati nele como toda a minha raiva, que eu só não fiz porque a minha mãe não gritou por socorro e não sei mesmo por que não gritou, que ele batia e batia, mas muito pelo contrário pedia que batesse mais e mais, o que nunca entendi, minha cabeça só faltava explodir, eu voltei para a minha cama e tapei os ouvidos, tapei com força, mas parece que continuava a escutar os tabefes e ela pedindo que o estúpido batesse, que nunca soube de marido bater assim sem mais nem menos na esposa, nunca ouvi falar, e o que me bota doido era aquilo de ela pedir que o cavalão batesse cada vez mais e ele batia no rostinho dela, que no outro dia eu beijei e beijei tanto que ela ficou até sufocada e nunca entendeu por quê.

Movimento no porão*

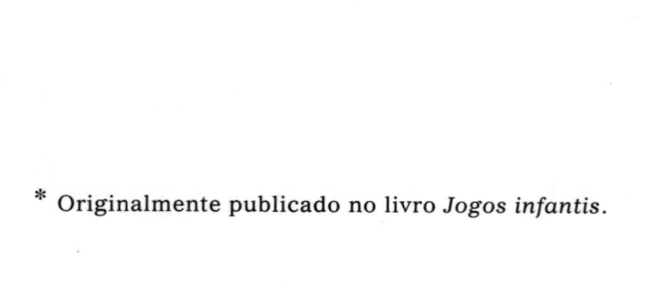

* Originalmente publicado no livro *Jogos infantis*.

Minha avó me punha no porão para dormir quando eu ia passar as férias em Algodoal. O porão praticamente se achava entupido de livros. O teto era alto, o pé-direito creio que dava umas duas vezes esses pés-direitos de hoje. Os livros cheiravam a mofo e pertenciam a um tio metido a grandes coisas, mas penso que não passava de embromador de primeira, que os livros ficavam fechados, uns por cima dos outros, parecia mais um depósito. Duvido que alguém pudesse encontrar uma cartilha se precisasse de uma cartilha, que era a maior das desarrumações, pilhas e pilhas pelo chão, as traças jantando e almoçando livros em francês. Aos domingos eu gostava de ir à Praça da Estação para ver um teatrinho de marionetes, os garotos daquele tempo eram mais soltos, não havia essas mães de nove-horas, algumas, né?, que até sufocam as coitadas das crianças. Pipoca havia, pirulito havia, sorvete havia. Nada de cokas-kolas e xicabõs, esses sorvetes americanos que nem gelados são, sendo feitos de preparados químicos onde as frutas nem comparecem, os sorvetes de antigamente é que eram. Tinha um que vendiam entre duas bolachinhas redondas e fininhas, um pouco maiores que as hóstias de comunhão e que a gente ia lambendo pelos lados. Como dizia, nunca eu consegui esquecer as pernaças da Normélia. Eram grossonas, porém mais grossas na batata da perna, que eu para falar a verdade detesto, considero horrível, jamais me casaria com mulher de pernas como as da Normélia. Naquele tempo eu nem prestava atenção para detalhes que hoje acho importantíssimos, só enxergava mesmo bunda na minha frente. E a Normélia era dona de uma senhora bunda: de se tremer todo, não que fosse bunda dessas escandalosas, nada disso, era apenasmente bem feitíssima, bundazinha caprichada, que ela arrebitava quando nos pressentia bicorando por perto. Meus irmãos dormiam com a vó, viviam cochichando e essa foi a perdição deles, que eu ficava compenetradíssimo, nem parecia que estava olhando mas ela tinha certeza, a diaba de Normélia eu penso que advinhava meu olhar de cão tristinho. Eu, hein! Rosa? Eu não ficava de cochichinhos com os outros e deve ter sido essa a minha sorte. Sempre fui passado na casca do alho, meninozinho comportado, que não abre o bico, sempre de nariz nos livros. Ou vocês o que acham por que é que sempre fui de leituras? Ler dá uma puta de uma pose, e usando-se óculos, então! Ninguém sabe o que o calado quer. Não sabe? A Normélia bem que sabia, a Normélia era escovadíssima, mas andava o dia todo de cara enfezada, tratava a gente com brutalidades, exigia demais, reclamava, ralhando por qualquer besteirinha. Era superautoritária, a rainha da Inglaterra de Algodoal e minha avó gostava, elogiava, queria que impusesse respeito. Meus irmão mijavam-se de medo, mas eu, hein! Eu não dava pé para as ranzinzices dela, de mau humor, sempre para variar, que vivia dando rabanadas e até gritava com a gente, e a burra da minha avó conforme disse foi quem lhe deu semelhante autoridade de gritar conosco e ela abusava. A Normélia dormia no porão, porém bem afastada de mim, sua cama ficava encostada na parede dos fundos. Eu lia e lia para afugentar o sono. Há pessoas que pegam um livro e minutos depois estão roncando. Já comigo livro me tira o sono, fico horas na leitura, posso até entrar pela madrugada e amanhecer como já amanheci diversas vezes. Queria estar sempre acordado para quando a Normélia surgisse. Mal escutava passos na sala de cima, mais que depressa apagava a luz e via o vulto descendo a escada. Ela passava pela minha cama sem dar a menor confiança, com aqueles passos de mulher durona, que ela sabia e como sabia ser durona. Enxergava malmente no escuro ela mudar de roupa e por mais que firmasse a vista, divisava pouco mais que nada, só ouvia quando se deitava e respeitava forte, parece que aliviada, de se escutar na rua, aquele suspiro de pessoa cansada. Penso que dormia logo. Aí eu me levantava, devagarinho e descalço para não fazer o mínimo barulho, que a vó podia estar acordada, velho não dorme, passa a noite penando pela casa. Mas a velha não descia nunca para vigiar o porão, que ela metia a mão no fogo pela Normélia, quem olhasse a Normélia tinha a impressão de ver uma freira, sendo dessas mulheres de se entregar o governo de uma casa, como hoje nem se encontra mais. Eu ficava de pé, o coração aos pinotes, tremiam as mãos, eu tremia todo, mas o peru endurecia doendo no pijama. A primeira vez foi difícil, nem recordo como achei tamanha coragem. Avancei devagarinho: e sentei na cama da Normélia. Tinha engatada a resposta na ponta da língua se ela acordasse e me expulsasse: uma bruta de uma dor na barriga que não me deixava dormir. Sempre encontrava ela descoberta, só de calcinha, que nas minhas férias fazia em Algodoal um calor dos seiscentos. A bunda torneadinha me deixava zonzo, a cabeça só faltava incendiar sozinha, botava a mão na fronte e afronte fervia, não sei como não me dava uma coisa. Uma noite tive um atrevimento que até hoje me espanta, parece que me empurraram, sei lá tive a audácia de deitar ao lado da Normélia, na caminha estreita, que era uma cama Patente Faixa Azul. Fiquei quase-quase colado, recebendo aquele calor que subia, pele quente que eu não chegava a sentir diretamente, mas de onde vinha uma quentura que entrava em mim, entrava pelos poros, dos poros dela para os meus porinhos. Aquilo era todas as noites, eu já me enfiava na Patente da Normélia com a maior das naturalidades, nem tinha mais medo nem nada, e já ia me encostando mesmo. Certa ocasião eu devia estar bastante cansado e dormi com o livro no peito. E quando acordo quem é que estava na cama? A Normélia! Nem vi chegar, ela veio nuínha-nuínha, senti logo a febrona me queimando a pele. Ela tirou meu pijama, fingi que estava no maior dos sonos e encostou-se em mim como eu me encostava nela, isto é, na bunda, que bunda era o que mais me atraía na Normélia. Então deu não sei o quê nela, ela me virou e aí eu estremeci com aqueles cabelos duros me espetando a barriga. Pegou minha mão, guiou a mão e aí eu senti um travesseirinho de cabelo, que meti foi os dedos, estava nervosão, como nunca. A Normélia trazia o diabo na alma, foi pegando o peru e levando para um buraquinho no meio do matagal, e aí aconteceu a minha primeira felicidade, a Normélia me agarrava e me apertava como se quisesse quebrar as costelas, as coxas dela se fechavam e me estrangulavam que chegou a me dar medo. Na hora do café, pensei: "Hoje vou comer do bom e do melhor, um pedação de queijo, vou até repetir, na certa ela vai me dar dois pães com bastante manteiga". Deu, uma ova! Parece que ela tinha ficado com mais raiva de mim, me tratou péssimo, mais mal que a meus irmãos, fazia mesmo de propósito, nessa manhã me pôs de castigo sem eu ter feito nada de nada. À noite disse comigo: "Acabou-se o que era doce!". Qual! A Normélia veio com uma fome de cão para cima de mim. Não falava, não dizia nenhuma palavra, que ela não ia me dar semelhante confiança. Gemer, ela gemia, isso ela gemia, me apertava, até que os braços iam afrouxando, afrouxando, e ela desfalecia como se estivesse morta. Na manhã seguinte, era a mesmíssima inana, me dava até menos pão, cortava ao meio, dizia pouco, que o queijo havia acabado, eu sabia que não havia acabado, mas é que tinha coragem de contradizer a mandona? Derramava o café no pires, tenho certeza que de propósito, e botava mais café do que leite, quando sempre gostei de mais leite e de pouquíssimo café. De noite, eu podia apostar o que fosse que ganhava a aposta, se ela não ia direto para a minha cama. Ora, se ia!

Vendredi-1*

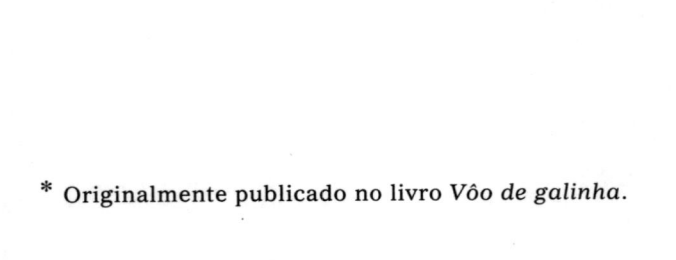

* Originalmente publicado no livro *Vôo de galinha*.

Na semana, o dia do casal, a noite direi melhor, era sexta-feira.

— Vendredi-i.

Era o canto de guerra. Mudava a entonação, baixinho às vezes, às vezes cerrando as pálpebras, matreiramente piscando um dos olhos, e quando a alegria por alguma razão o atravessava, desferia um grito mesmo, cujo sentido ninguém, a não ser ela, percebia.

— Vendredi- iiiiii!

A princípio não deixava de ser engraçado; ele ria, seu ego afagado, mas a repetição, a monotonia, a regularidade dos relógios – Vendredi-i! entrou a desgostá-la abertamente, a irritá-la e a exasperá-la.

— Vendredi- iiii.

Os vendredis passaram a ser o semanal cilício, nesse dia alto preço pagava ela pelos seus pecados; e, nos outros, escutava roncos ao lado, de olhos abertos no escuro, até dormir de cansada.

Largou roupa, jóias, sapatos, escova de cabelo e o semanal marido, num impulso que não mais soube conter, nem mais um dia. Foi logo cedo numa sexta-feira e enlouqueceria, enlouqueceria se ouvisse outra vez o brado do péssimo guerreiro por sinal.

— Vendredi-iii.

Quando meses depois passou o nojo, de marido novo, a alma embandeirada, não resistiu certa ocasião ao passar defronte de uma agência dos correios e telégrafos. Despachou precisamente este telegrama para o defunto: "Agora é lundi, mardi, mercredi, jeudi, vendredi, samedi, dimanche. E também, claro, vendredi-i".

Na rua, feliz, feliz, soltava metros e metros de gargalhada.

Um paraibano no Rio*

* Originalmente publicado no livro *A estranha xícara*.

Veio de muda para o Rio. Procedência: Paraíba. Dias depois chegava, por via aérea, o seu Volkswagen. Foi muito amável com o colega burocrata, de quem se fizera logo amigo:

— Agora você tem chofer às ordens. Eu moro na Constante Ramos, você na Barão de Ipanema, saímos sempre à mesma hora... Está pra você.

O outro agradeceu, mas alarmou-se. Um paraibano solto nas ruas do Rio, imiscuindo-se no tráfego maluco, pareceu-lhe perspectiva nada confortável. O homem é louco, meter-se entre ônibus, lotações, como é que vai ser?

No dia seguinte, soube que o amigo fora ao Galeão apanhar o automóvel; veio pela Avenida Brasil sabe Deus como, deixou o carro num posto para lubrificar, abastecer, lavar, apertar umas coisas, mudar o farolete que a viagem danificara.

— Amanhã o carro está pronto. Vai ficar em ponto de bala – informou o jubiloso e insensato proprietário.

O amigo, com jeito, procurou demovê-lo do suicídio. Você ainda não pensou, o negócio aqui é de lascar, sabe, lá em João Pessoa o ritmo do tráfego é de valsa vienense, aqui é na base do *cool-jazz*, você não acharia melhor entrar numa escola para motorista?

— Escola? Isso é gozação ou o que é? Olha, meu filho: eu dirijo na Paraíba há mais de ano e o meu carro está aí pra você ver. Não tem ferida.

— Eu sei, eu sei. Fica o dito por não dito. Aliás nunca duvidei dos seus merecimentos. Apenas aqui a coisa é um tanto grossa.

Em casa comentou com a mulher: não sei como vai ser, tem um paraibano querendo me dar carona depois do serviço. O homem está cru, cheirando a João Pessoa. É um maníaco, só pode ser maníaco, quer suicidar-se e achou de me assassinar sem mais nem menos.

Passou a inventar as desculpas mais imaginosas. Você não sabe, hoje é meu dia de dentista, tenho um encontro na livraria, vou ter de arranjar uma lâmpada para minha geladeira, apareceu um galho para eu quebrar no Ministério da Saúde, minha sogra pediu para pagar o aluguel do apartamento, vou a uma conferência do Deputado Brizola.

Não era nada disso; saía direto para pegar ônibus no Castelo.

Uma tarde, estava justamente na fila quando freiou a seu lado, no meio-fio, o fatal carro nordestino. Escutou a voz amiga, que, entretanto, provinha do cemitério:

— Como é? Hoje você vai debutar no meu vermelhinho.

Não havia possibilidade de evasão; resistir, quem há de? Embarcou. Lívido.

O impressionante homem arrancou como um tufão, embrenhou-se na selva metálica, ligou o rádio, contou uma anedota, e ria, ria, os nervos penteados à gomalina, num à-vontade de pasmar.

Pronto, daí por diante ganhou confiança no chofer e desertou da fila comprida de todo dia, então para nunca mais.

Ultimamente, parece que se inverteram os papéis. O denotado paraibano de vez em quando se esquiva ao inflexível carona, hoje é hora marcada no médico, ontem foi falar com o Senador Rui Carneiro, tem porque tem de ir à Caixa Econômica, é o sogro que precisa receber um amigo no aeroporto. Coisas assim.

AMANHÃ EMBARCO PARA A BASILÉIA*

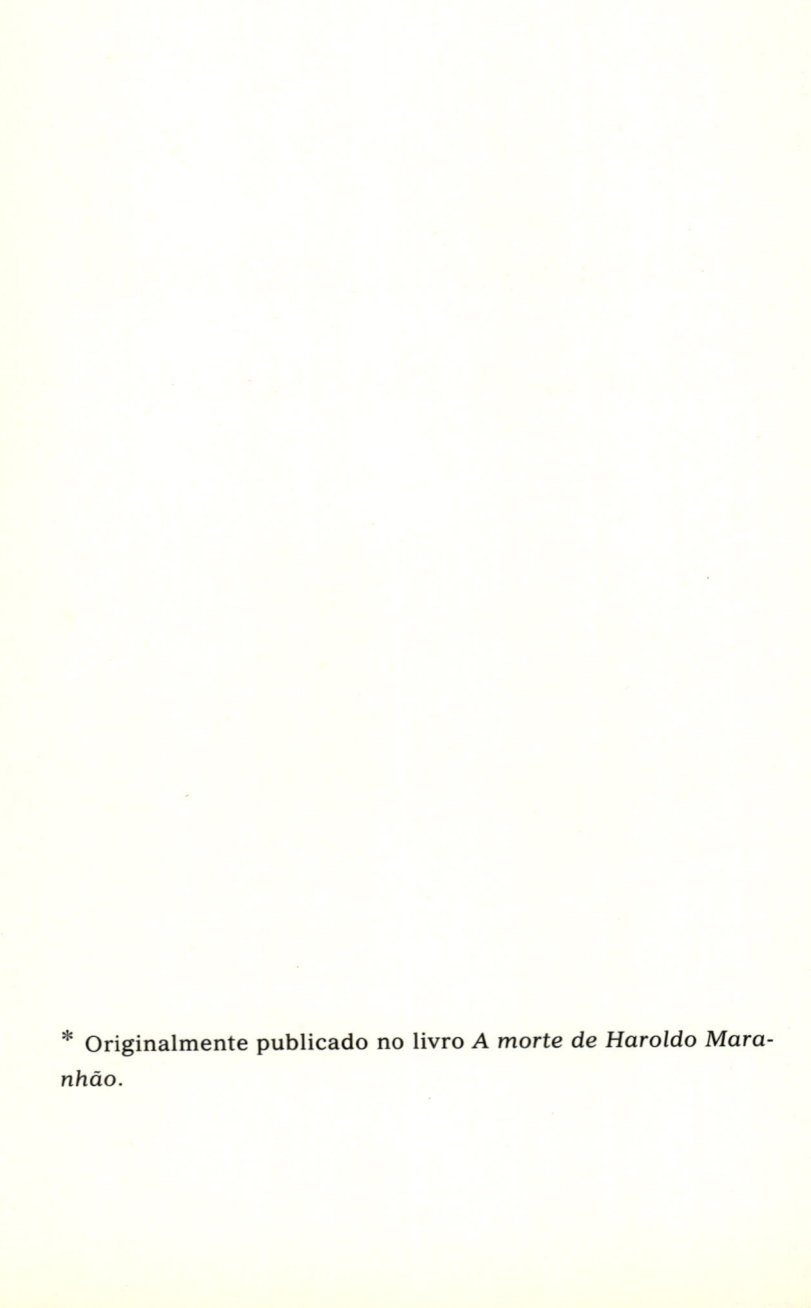

* Originalmente publicado no livro *A morte de Haroldo Maranhão*.

A um amigo falei dos protótipos, não chegando ele a atingir a dimensão mais profunda do capítulo. A verdade é que mal entrei a ocupar-me do assunto, arrependi-me. E devo ter passado a abordá-lo de forma deliberadamente superficial e inconseqüente, que o meu amigo terá considerado apenas tolice minha. Ele, aliás, é quem tomou a iniciativa de enveredar por matérias outras, certamente mais instigantes para dois amigos tratarem à volta de uma lagosta fria e de um vinho de rara estirpe.

E não seria hoje o momento melhor para deter-me nesse ponto que andava esquivo no ar, não me constando que dele hajam cuidado. Em momento mais propício iluminarei a questão de veemência e credibilidade. Credibilidade! Tal circunstância foi já objeto de cogitações minhas em antigos escritos, porfiava em que me emprestassem fé. É com humildade ou orgulho, e certamente com alívio, que me proclamo desinteressado do possível eco da minha voz, do desdobramento e até da penetração de minhas palavras. Tal estágio faz-me digno do meu próprio louvor. Acreditam-me? Não me acreditam? Riem de meus papéis? Meus papéis são tolos papéis?

Abracei a certeza de que protótipo não se *parece* a outro protótipo: é igual! E devo logo afastar qualquer idéia de que se trata de biótipo; nada disso, biótipo, estereótipo, nada disso. Protótipo é protótipo, estereótipo é estereótipo. Estereótipos são as moças dos corpos de baile, as bailarinas profissionais, mesmo as estudantes de balé: que andam iguais, penteiam-se iguais, têm o mesmo pescoço de cisne e a igual postura das pernas quando, numa recepção, conversam e retêm nas mão um *coktail* de frutas.

É bom esclarecer-se que amante não sou de genética, da biologia de modo geral e nem sei se seriam essas vertentes dentro de cujas balizas se especularia sobre os protótipos. Abomino a ciência, ignoro conceitos havidos até como elementares. Não sou um cientista, nunca o pretendi, definitivamente.

O que sou é um passante nas ruas, quase sempre distraído, mas que em dados momentos pára, espanta-se e supõe concluir. O presente relato justo desmente tese merecedora de respeito; e é bom que se atente para o fato de quem chama a atenção para tal: eu. Seria mais, e é relação de coincidências, conquanto muito além do que poderá considerar-se fortuito.

Quem tiver ao menos curiosidade, procure o segundo volume da 23a edição da *Medicina Legal* de..., de... não me acode o autor: logo o lembrarei. Vá diretamente a uma das ilustrações, pondo as letras de parte. Quem a fotografia estampa, no seu invertebrado chapéu panamá, marca registrada do brasileiro facilmente identificável nas ruas e cafés de Paris no começo do século? Precisará dizer-se que estou a referir-me a *monsieur* Santos? Mas não é a fotografia, de *monsieur* Santos Dumont: é a fotografia de seu protótipo, que adotou talvez o chapéu do inventor, para proporcionar-se o gosto de ser festejado nas ruas depois do feito maior do inventor.

— Olhem. Ali. O Santos Dumont!

Não era Santos Dumont. Semelhante equívoco transmitiria sobras de glória, bem-vindas ao protótipo.

Compreendem-se que tal se verifica quando o protótipo o é de notória matriz. Matriz? É. E qual a matriz e qual o protótipo? Muito especioso isso é, sutileza cujo esquivo segredo não saberei ensinar. Sei, sempre, qual a matriz e qual o protótipo. Isso eu sei. Atribuo essa sensibilidade minha a exercícios quase diários, a catar protótipos a meu redor. Quem identifico, logo, é o protótipo. Só uma vez aconteceu-me deparar a matriz e esse incidente perturbou-me. A matriz? A primeira vista, seria de supor que as duas unidades fossem protótipas entre si. Assim não é. Há a matriz; e há o seu protótipo. Daquela feita, fiquei bastante embaraçado diante da matriz ali a meu alcance — era a matriz — desarticulando minhas sentadas idéias sobre a matéria. Cheguei a pensar na minha confusão: será um duplo! Mas já disse e até escrevi que os duplos não sorriem, nunca. E o que assistia era ao calmo trajeto, sorrindo para as pessoas, sim, é mais que claro: tratava-se de matriz, protótipo não era, duplo não era: era a matriz e só dessa vez e não mais o fato sucedeu.

 Quando estudava direito criminal, estive a braços com situação que de certa forma decidiu meu destino. Tratava-se de demanda sucessória, e desgostavam-me questões sobre as quais não pode o morto manifestar-se, defender-se e até acusar. Suposta filha de um negociante pleiteava o reconhecimento de sua filiação natural. Ele morrera solteiro, sem herdeiros, sem legado e, é de imaginar-se, já que demanda sobreviera: bastante rico. Sem legado? Minha memória me trai. Legado houve, e modestas pessoas foram as legatárias, o motorista, o jardineiro, a governanta, auxiliares do escritório, não sei quem mais.

 Colhi desfavorável impressão da autora da ação contra a herança, debaixo sempre da sombra de uma tia quando comparecia à banca de meu mestre. Transmitia-me não sei que espécie de animosidade. Nela enxergava aura má, a cobiça eriçada, que põe feia a mulher mais bela. Sobretudo, causava-me desconforto vislumbrar em aquilo tudo uma farsa à volta do defunto. Seria, era uma farsa. Ora, ora, mostrara-se o defunto benigno nas disposições de seu legado. E um ponto chamava-me a atenção: se houvesse tido realmente uma filha, por que dela não se lembrara?, por que deliberadamente a omitira, na partilha dos bens? Para mim, se juiz fosse do deslinde da questão, aquilo constituiria o ponto focal da pendência. Premiar o jardineiro, o faxineiro, o copeiro — e ignorar a filha? Naquela época eu pensava assim. Era simplesmente pasmosa minha ingenuidade.

Enfim, detenho-me nessa lembrança má para referir que meu mestre de direito criminal, em hora inspirada certamente, havia sido lembrado para aquela causa, cuja natureza é cível, portanto fora do âmbito da sua competência. Fora mesmo? E agora pergunto-me, montado em ótimas razões possivelmente. Ora, que ocorreria ao manhoso penalista? Sabendo que no escritório do morto, numa das paredes estampava-se vistoso retrato de quem ele, doutoralmente, nomeava de *de cujus*, tratou com um fotógrafo, ladino também, de aproveitar-se de distração na sala, afinal de contas sala privada, e cometer este abuso: fotografar a fotografia do falecido, peça a instruir os autos e com que provar a parecença da moça com o finado, confrontando-se as asas dos narizes, o talhe dos olhos, o desenho dos queixos.

Nessa altura, decidiu-se meu destino profissional ou judiciário. Torpes considerei aquelas práticas todas, a construção de extravagantes provas, que não saberia eu acionar na mecânica das demandas. Intentava o criminalista comprovar a filiação natural sobrepondo queixos e narizes apenas semelhantes, a cor dos cabelos, mera coincidência. Escapei aos truques forences e de vez em quando lembro-me da prova perseguida pelo mestre criminal no processo da moça contra a herança do negociante: a prova do retrato falado, ensinara-me ele. Retrato! Falado!

Na rua, distraído, quando não me detinha nas minhas costumeiras abstrações, comparava pessoas conhecidas:

— O Sodré!

As vezes, não sabia conter-me e alto falava:

— O Sodré!,

porque era com quem se identificava a pessoa a meu lado no cinema: com o Professor Gil Sodré, sangüíneo, erudito, de idéias políticas opostas às minhas. Lembro-me do Professor Gil Sodré, eu criança ainda, e ele ensinando-me a saudar com o braço — Anauê! — e já alguma coisa avisava-me de que se tratava de pulhice, conforme bem se viu.

Protótipos. Mostrei a amigo meu, o retrato no jornal da cineasta canadense Jeshua Mildred e ele acabou admitindo que se tratava também da nossa querida Louise, com quem justamente jantáramos na véspera. Fiz desse amigo um cúmplice do meu jogo na rua.

— Olha, aquele garçom alemão do Grande Hotel de Caxambu.

Garçom não era, seria um diretor provavelmente de indústria de laticínios em Santa Catarina, transitando no seu negro Landau.

O cioso aditar que não estou a referir-me a gêmeos univitelinos. Nada disso. O que pode haver, e há realmente, é um protótipo de gêmeos univitelinos, que, se juntos se pusessem, um distraído ou desinformado suporia tratar-se de trigêmeos. Estou aliás precisamente lembrando-me de que o acaso reuniu-os a três e confesso que o fato deliciou-me, eles entre si estranhando-se, e só eu percebendo o que se passava! Acabaram por divertir-se, o conhecimento, conforme disse, fora casual no *green* do Golf Clube de Petrópolis, o protótipo retornava de uma partida acompanhado do *caddie*, quando deu de frente com os gêmeos, sexagenários como ele e mostrando na cara saúde de menino. O protótipo chegou a parar, rapidamente confuso, como se o excesso de sol a que se expunha lhe estivesse oferecendo dupla alucinação visual, ou se houvesse posto defronte de um espelho bifacetado.

 O protótipo liga-se à matriz por invisível foi moral que estabelece o equilíbrio de ambos. Um e outro disso não se apercebem. Alentam-se, representam ou significam espécie de fluídico e recíproco, onde quer que estejam. E é de considerar-se a eventualidade de um protótipo sem dar-se conta de sua matriz, nem esta daquele, um morando em Nova Delhi, o outro na Basiléia. A Basiléia, aliás, segundo hoje creio firmemente, é onde coexiste a maior densidade demográfica de protótipos.

 Dois dias estive na Basiléia e sucessivamente assinalei um número avultado de protótipos, dois, três, até quatro no mesmo quarteirão, quase em fila indiana, como se na Basiléia se ocupasse o Estado de uma indústria de protótipos em escala mundial. É aspecto, esse, que merece exame menos ligeiro. Verdadeiramente, o que estará acontecendo na Basiléia?, cidade de raras crianças, nas ruas custa-se a deparar uma, cidade de velhos e de estranhos congressos científicos? Ocorre-me que passando defronte de um hotel de convenções, deparei com vistoso aviso: BASLER LEBERWOCHE, e em inglês: BASEL LIVER WEEK, e em espanhol também: SEMANA DEDICADA AL HÍGADO.

Na Basiléia justamente aconteceu um fato que me abalou e abala moralmente, causando-me infelicidade que não tem cura provavelmente ou que só com a morte, a minha morte, encontrará sua plena explicação, a explicação, aliás, em que me queimo, da relação de causa e efeito entre o protótipo e o duplo quando perece a matriz.

Morrendo a matriz, em duplo transforma-se o protótipo. Essa é uma verdade a respeito da qual não tenho dúvida, como não tenho dúvida de que possuo um nariz, dois olhos, uma boca. Porque o protótipo nunca, absolutamente nunca sobrevive à matriz, o que é impossível acontecer, sob pena de desestruturar-se das mais coerentes e sentadas teorias desde a da relatividade. Não pode suceder, não realmente, a sobrevida da matriz ao seu protótipo, o que seria a maldição eterna talvez da matriz, eterna, de que chegaram a vagamente suspeitar crentes do vampirismo.

Aliciante chamamento impelia-me para a Basiléia. De modo geral, as pessoas são atraídas pelas cidades mais notórias da geografia turística, Paris, Roma, Londres, Veneza, ou pelas ilhas: a de Maiorca por exemplo, ou as ilhas gregas, ou faixas do litoral: a Riviera francesa, a italiana, e determinados sítios alpinos: Megève, Gstaad, Basiléia, por que a Basiléia? Sempre, sempre me vi instigado a conhecer essa cidade do Norte da Suíça. Dinheiro escasso privou-me de ao menos conhecer as cidades mais óbvias. E quando se abriu uma pouca de sol no meu escuro céu, logo estabeleci o itinerário, o que mais depressa possível me levasse a Basiléia. Curioso é que, antes dessa premência, excitava-me conhecer Viena especialmente, visitar, logo, logo, determinados teatros, determinadas catedrais, determinadas ruas, determinados museus.

  Lembro-me: já em vôo para Lisboa, escrevi um texto nervoso, tensas palavras, a que dei um título impaciente e ao mesmo tempo aliviado: "Hoje Mesmo Estarei Na Basiléia!". Mal desembarcando em Lisboa, apanhei o primeiro avião que me levou a Zurique. Quem quer que me visse procedendo por aquela forma insólita, suporia que assunto muito grave ou muito urgente me impunha semelhante pressa, quem sabe a minha amada, ou um amigo vítima de acidente que os tivesse deixado em coma, a minutos talvez de morrer. Porque nada assim tão urgente justificaria que não fosse para um hotel, a repousar umas horas, pelo menos, da viagem aérea, calmo passeando pelo Chiado, revisitando ou visitando as calçadas lisboetas que atravessam de lés a lés as novelas portuguesas. Por que não ficar uma semana, ou mais, naquelas paragens que de muitos anos conhecia, desde os meus quinze anos, nomes de ruas, de bairros, centenários frontões, padres, alcoviteiras, adúlteras, passar pelo Restelo ou pela *Toca*, numa caleche, não menos que numa caleche, e antes de dormir, no hotel, beber um *grog*, em lembrança do Jacinto de Thormes, enfartado de *spleen*.

No aeroporto, cansado embora da travessia do Atlântico, tratei de estabelecer conexão para Zurique, providência que deveria ter tomado no Brasil e não tomara. Duas horas depois de espera, a escutar aquele monótono sotaque lusitano, embarcava num jato da Swissair, quase em seguida chegando a Zurique. Como se virtualmente acionado não sei por que gênero de estímulo, meti-me no primeiro táxi e mandei rumar para a estação ferroviária. Meu corpo pedia uma cama de hotel, mas a minha determinação arrastava-me, impelia-me para a estação ferroviária, ansiando por que não perdesse o trem das 17h23min e sabia que às 17h23min, exatamente, o trem deixaria a gare. E eu não poderia perder o trem da 17h23min, era imperioso – mas por que imperioso?, se poderia seguir no trem de minutos depois, que fácil também cobriria os aproximadamente trinta quilômetros que separam Zurique da Basiléia? Terei dito que nada especificamente esperava-me na Basiléia. Nada. Poderia chegar hoje às 18h10min, às 19h57min, ou amanhã a qualquer hora, ou depois de amanhã, ou no mês que vem, ou no ano 2000. Por que a premência?

Foi com o coração desassossegado, que de angústia

doía até os olhos querendo tudo e de uma vez abarcar, que percorria as ruas perfeitamente calçadas, como se cada paralelepípedo fosse jeitosamente colocado ao lado de outro, polidas as arestas, desfeito o mínimo desnível, por um calceteiro maníaco de perfeição, que longas horas ficasse a considerar se deveria depor esta ou aquela pedra, ele mesmo com os dedos verificando se escapara uma aridez, e lixar ou limar aquele piso exemplar com infinito amor e paciência.

Desagradou-me que o motorista do táxi me deixasse no Basel Hilton, hotel moderno, Hilton!, quando teria preferido ficar num hotel de ar suíço, com as janelas derramando flores, ou um mosteiro medieval transformado em pousada, como se transformou em museu o Benedictino de St. Trudpert.

Realmente, estava bastante fatigado, os olhos quase não conseguia mantê-los abertos, o corpo doendo, ossos, peles, uma dor só. No quarto engoli uma bebida quente, alguns biscoitos, e dormi minha primeira noite basileinse. Praticamente saíra do Rio de Janeiro para a Basiléia, que poderia ter alcançado de avião mesmo, se alguém, mal-informado, não me houvesse dito que necessariamente teria que ir a Zurique e de Zurique prosseguir de trem. Enfim, suponho que ninguém que não houvesse estado na Europa, como eu, escolhesse a cidade suíça para seu primeiro ponto de interesse, e a que tivesse de chegar, logo, logo.

Pela manhã, saí andando a pé. Certas ruas conservavam, tangíveis, testemunhos da arquitetura medieval. Sobretudo agradava-me ver aquela multidão de flores, eram tufos fartos. Lembro-me de mimosa pracinha, cujo nome esqueci, encantador local com barris de carvalho dispostos em fila e repletos de tulipas vermelhas, havia um balcão entulhado delas em frente a um café – *Rathaus* era o nome que se via no frontispício, acima de cuja coberta de lona se abriam duas janelas transbordantes, de flores, vermelhas, amarela, azuis, mais abundantes as vermelhas. Infelizmente ao centro dessa pracinha havia estátua horrenda. Alegre sentia-me e projetava incursionar pelo Vale Waldeburgo, de que me falaram, pelos bosques, pelos antigos conventos como o Klingental, atravessar o Reno pelas centenárias pontes, a relva, creio que tratada em pessoa pelo burgo-mestre, os telhados, ruinhas em que a Idade Média ficava ao alcance das mãos e de um de cujos portais parece que a qualquer momento saltaria Guilherme Tell. Neste meu ditoso passeio matinal, fixei dois tolos pormenores, mas os fixei: o nome de um barco, *Schwyz*, que de passagem vi, lento e garboso percorrendo um lago, e a chapa de um Peugeot azul: 861, e abaixo: GM 68. Por que se insculpiram essas inúteis lembranças na minha memória? Também li o preconício de um concerto a que não cheguei a assistir e que tencionava nesta noite comparecer. Guardei, até hoje, o coro, a catedral e o horário: *Konzert des Bach-Chors im zu Basel – 20.00 Uhr*.

    Calmo passara por uma das três portas da fortificação da cidade – a *Spalentor* e pensava em que não tinha visto uma criança sequer, cidade sem crianças!, quando a má fortuna desabou, como se tijolos desabassem sobre a cabeça de um homem sossegado no seu passeio, como se sobre a sua cabeça desabasse a própria catedral da Basiléia! A má fortuna nisto consistiu: barba me vi, e a um metro de distância, com exatamente, o meu igual! Por um triz não colidimos, tão apressado vinha ele e distraído ia eu. Paramos Olhava-me ele ou seria eu próprio que a mim mesmo inspecionava? O choque representava descarga elétrica de voltagem considerável, senti que minha cabeça estremeceu, que dentro dela os terminais nervosos crisparam-se. Era pasmoso, era incrível. Amigos meus, minha mulher, meus irmãos não acreditariam vendo-nos, a ambos, defronte um do outro, e somente não se conceberia reproduzido eu por um espelho porque nossas roupas diferiam. Estive a admitir que houvesse sido golpeado por alucinação diabólica, mas me desmentiam a respiração inquieta do outro e a minha própria respiração pulsante. Consegui falar, era preciso, enfim que ele ou eu falasse:

— Quem é você?

E logo advertia-me de que o português não seria o conduto ideal para nos entendermos. Repeti em inglês a indagação. Ele continuava a olhar-me como a um raro animal, investigando-me com curiosidade certamente, mas impecável tranqüilidade. Para uma pergunta assim banal, valeu-me o francês, em que tateio. Mas o meu igual calado persistia, parecendo não prestar atenção às minhas palavras. De alto a baixo perscrutava, porém não traía sua turbação. Resfolegava num crescendo, mas também podia ser o cansaço, de cardíaco, pela caminhada interrompida abruptamente. Busquei num dos meus bolsos com certa aflição meu safaonça e catei frase em alemão, que lhe lancei na certeza de que, por fim, obteria uma resposta, uma luz ou um indício:

— *Wer Sind Sie?*

Verdadeiramente desejava convidá-lo para nos sentarmos à varanda de um café para ouvir-me e ouvi-lo. Parecia-me isso necessário e até premente. Naquele momento, porém, não me acudiu é que não sintonizava na minha freqüência, atuávamos em ondas paralelas, quero dizer: não estava, como eu, na dinâmica dos iguais. O que para ele provavelmente teria sido mera, embora incrível, coincidência, um sósia e nada mais que isso, curioso evento, para relatar aos filhos e rirem à minha custa; para mim, aquele encontro carregava significação profunda, eu sabia e tinha medo, tinha muito medo. Não lhe percebi palidez e seguro estou de que me via pálido, porque pálido me encontrava naquele difícil momento meu, o mais difícil talvez de minha vida. Abalado como me achava, conversa nossa naquela ocasião representaria uma inutilidade, desencontros, constrangimentos e espaços largos de silêncios, agravados pela comunicação precária ou mesmo impossível.

Não estive eu sob tão atordoante comoção e teria desde o primeiro instante percebido vago ar de imbecilidade no meu igual, o olhar dele esforçava-se para apreender e compreender, suprindo a omissão de outro sentido: era ele positivamente surdo-mudo! Não o percebera e talvez não chegasse a percebê-lo, se a nosso lado não houvesse passado um menino – um menino, enfim! – soprando uma gaita estridente. Meu igual nem se voltou, seus olhos continuaram a analisar-me com a admiração de um especialista apreciando obra perfeita de taxidermia. A gaita irritante do menino não o turbou, como de resto nenhum estímulo sonoro o retiraria de seu marasmo estúpido. Não lhe pude fazer as perguntas que teria desejado, saber, enfim, se além da cópia, exata cópia, subjazeriam pontos outros comuns. Não resisti, naqueles minutos de confusão, e instei por saber-lhe o nome, um dado, a obter e conservar para ulteriores providências. Claro falei, escandindo as sílabas, cheguei mesmo a ser inconveniente alteando bastante a voz:

— *Wie heissen Sie*?

Resposta não houve, mas a persistência daquele olhar agora pegajoso e incômodo, que é como se me tocasse desagradavelmente a pele do rosto. Pareceu-me que chegou mesmo a esboçar gesto de apalpar-me, como para certificar-se de que ilusão não era, de que eu existia e respirava ali à sua frente. Mas susteve a intenção ignoro por que motivo, receando, quem sabe, reação minha violenta, ele não me conhecia, ou suspeitaria que a minha fosse a sua própria reação se desejasse eu segurar-lhe o nariz, agarrar-lhe a orelha, as bochechas, o queixo. Temeu que explodisse numa exasperação que é própria dos surdos-mudos, embora houvesse percebido que não era um surdo-mudo e esse foi o sinal primeiro de que subsistia um ponto ao menos de diferenciação nos iguais ali.

    Contudo, estarrecimento causou-me verificar, nele, em seu supercílio direito, cicatriz grossa e mal costurada subindo-lhe pela testa, exata, exata como a que trago da infância, resultado de desastrada queda de uma árvore e de um mau trabalho cirúrgico no interior de Goiás. Desejaram anos depois reparar-me a cicatriz mediante cirurgia plástica, mas me recusei, preferindo o gilvaz ao incômodo de uma intervenção desnecessária para o meu gosto. Seria essa uma óbvia pergunta que lhe faria, apontando-lhe a cicatriz:

— Caiu de bicicleta ou caiu, *também*, de uma árvore?

    Não houve a possibilidade de qualquer indagação, além das mudas curiosidades nossas sem resposta. Porque em dado momento alguém o agarrou pelo braço, mais com brutalidade do que com firmeza e quase o arrastou:

— *Gehen wir! Gehen wir*!

Não me dera conta de que alguém o acompanhasse, tão centrado nele focara meu interesse. Seria provável que o seu acompanhante se houvesse ausentado para ir a um café comprar cigarros, justo no momento em que quase colidimos e estacamos, distinguidos apenas pela roupa. De relance pareceu-me que se tratasse de um jovem, ou de uma jovem, que nem sequer me olhou, limitando-se a afastá-lo, forçando-o a caminhar. É claro que nem sequer me olhou, porque se o houvesse feito não se teria afastado assim tão naturalmente, é claro. Acompanhei-lhe o trajeto até perdê-lo de vista e ainda causa-me sensação de, pela primeira vez, eu próprio me haver contemplado pelas costas, a nuca sumindo no horizonte da rua. Poderia e deveria tê-lo acompanhado, identificando sua casa, seu nome, perseguindo as respostas que me têm posto doente. E por que não permaneci na cidade? Por que no dia seguinte, bastante nervoso, embarquei num jato da Swissair e regressei ao Brasil, na mais estúpida viagem que alguém provavelmente já empreendeu?

    A dúvida que me gasta os nervos é: seria eu a matriz, ou o protótipo? Absolutamente não existe alternativa outra, já que gêmeos não somos e semelhança não ocorreu, mais identidade exemplar, até a cicatriz no supercílio, a mesma cicatriz, o tamanho, a miopia e esquecia-me de assinalar que verifiquei quando, empurrado pelo outro, retirou-se coxeando, a perna direita maior que a esquerda; como eu. Parecidos não, não é o caso, somos iguais. E qual de nós é a matriz, qual o protótipo? Essa a resposta essencial, que me inquieta e desgraça. Ser o protótipo é carregar maldição sem remédio, essa a palavra: maldição. O protótipo, não, meu Deus, não, não. Sei do que sucede inapelavelmente aos protótipos, quando perece a matriz. Sei que o protótipo, onde quer que se ache, de imediato transforma-se em duplo! É inevitável, relação de causa e efeito: em duplo!

E essa dúvida corrói-me a vida, matou o amor dentro de mim, sinto que me rouba a razão.

Como de novo encontrar e especular meu igual da Basiléia, ignoro de que forma possa conseguir. Nem longinquamente imagino de que modo venha a conseguir essa evidência. Não, não devo deixar-me destruir pelas dúvidas. Preciso e vou perseguir essa verdade. Toda a minha sensibilidade empregarei, a experiência, provada, que acumulei ocupando-me de duplos e protótipos. Antes de mais nada, necessário será que volte a encontrá-lo, diante dele me detenha longamente, e promova calma investigação através da família, dos amigos, dos que o conhecem desde a infância, de seus mestres, vizinhos, do café que freqüentou ou freqüenta, a academia onde fez ginástica, o seu clube, a sua dieta, as suas amantes, o seu horóscopo. Preciso, vou deitar luz abundante nessas sombras, nessa muito difícil noite que me rasga os nervos, um a um. Vou, certamente que vou saber essa verdade. Amanhã mesmo embarco para a Basiléia.

O batizado*

* Originalmente publicado no livro *As peles frias*.

Acudiu a Major Sertório batizar a mãe. Ponderouse: é idosa, mais de oitenta, terá sido batizada em menina. Adiantou? Objetaram: muito gorda ela está, e madrinha não existe para elevá-la à pia torneada em pedra-sabão, que é de que se torneiam pias batismais. Sertório teimava. Com leveza insinuaram que além do mais usava postiços dentes; e no momento de lhe ser imposto o sal, lance rápido, não seria improvável que os dentes caíssem, se quebrassem, desalojados pelos dedos do sacerdote. "Ora, ora, compra-se dentadura nova, nem precisa esperar-se nascer." Então, honesto senhor piedosamente falou:

— Mas ela está morta, senhor major. Morta.
— Exuma-se! Exuma-se! Aliás, exume-se-a!

Gorda, deixara de ser e longe disso é o que se via: a água que a oprimira e lhe tufara bochechas, ventre, braços infiltrou-se no chão, sumiu, perdeu-se entre raízes. Velha, continuava, também não terá envelhecido mais, as rugas estagnaram. A pele, antiga, e por favor escusem-me de compará-la ao pergaminho, porém precisamente é com o que parecia, a engelhada epiderme dos vitelos: olhei-a com gáudio e cobiça, visualizando nobre capa para edição centenária que naquele dia mesmo sucedera-me comprar. Os lastimosos despojos à superfície surdiam, içados por homens habituados, que a guindaram no esquife de madeira, escurecida sem cuidados, conquanto se tivesse pretendido sugerir o mogno e que conservava o grosseiro trabalho dos entalhes e o brilho vago dos metais, sujos de terra e de finadas flores. Enquanto me aplicava no aspecto mau da Senhora Ulpiana, logo a punham de pé, obrigando-a a caminhar, o que conseguia arritmicamente, pilotada pelos sovacos. Os pés desidratados liberaram-se dos sapatos e emagrecidos passaram ora a arrastar-se, ora a librar a centímetros do chão, como as pernas descoordenadas dos marionetes. Na reduzida comitiva, Major Sertório incentivava:

— Adelante, adelante, camaradas! Brio! Força! Coragem!

Disposição curiosa dos músculos do rosto: embora enrijecidos mexiam-se, trepidando na grotesca passeata, e oferecia a ilusão de que sorrisse a mãe do major, sorrisse dos sucessos à volta, e algumas vezes mesmo colhia-se a impressão de que cumprimentasse um ou outro passante, com distinção de condessa bem-nascida e faltava só descerrar-se a boca para desferir boas-tardes, o que não sucedeu. Agoniada, deblaterava contra o tratamento estouvado, para não dizer bruto, que lhe dispensavam os acompanhantes:

— Senhores, por favor, por favor. Oh. Ui. Ai. Ai. Atanagiiildo!

Major Sertório nem sequer lhe dispensava olhar, quanto mais palavras: é como se não existisse e a seu lado não caminhasse, e absolutamente não lhe importasse; e todavia por ela se consumia certamente: então não desejava submetê-la às águas batismais, expulgi-la do pecado primeiro, escorraçando-lhe do corpo o demônio?

Caminhavam, caminhavam e intuitivo era que se dirigiam a uma igreja: pois não iam batizá-la? Por duas haviam passado, chegou o grupo a vacilar para interromper o trajeto, porém determinado seguia à frente o major, o queixo lançado para o alto, rancorosas passadas que davam a idéia de andar à captura de inimigo para abatê-lo: a cutiladas no baixo-ventre. Que fazer-se senão segui-lo? Não falava, Major Sertório não falava, ignorando-se que propósitos lhe minariam da cabeça. Todos respingavam-se a andar, e nada traía que se providenciasse batismo, antes funeral, pelo clima de estupor e desolação dos que arrastavam a Senhora Ulpiana: lívida.

— Atanagildo! Atanagiiildo! Mas o que é isso? Para onde me levam?, eu quero é meu sorvete de manga que preciso visitar a Cotinha.

Interesse nenhum mostrava no sacramento que lhe

impunha o major, cansada até quase o desmaio, sobras de pele desprendendo-se do esqueleto. Pesou-lhe a súbita lembrança de sua vida ao pé do homem único, que só um existiu e de cujo amor resultou Atanagildo, fardado desde a primeira infância: escoteiro do mar, almazinha de sargento. Hoje major, mais parecia o comandante do edifício onde morava, ministro da guerra do bairro, doge da cidade, donatário do país. O batizado significava teimosia que antes de rejubilar incomodava a simples mulher de Deus, que comera suas amoras na chácara do marido, disputara seu gamão, cosera meias velhas no ovo de madeira polida, com proveito praticara o tricô. Ulpiana vivera infeliz e aliviada morreu: e agora constrangiam-na àquele batismo, quando o que mais desejava era chupar manga rosa.

— Eu queeero manga. Me tragam duas mangas. Rosaura, minha filha: apanha ali aquelas mangas-rosa. A Nenê voltou da missa? Você já foi ver se o Atanagildo está molhado? Meu bem: não me deixe o Atanagildo sujinho, não deixe, ele pode constipar.

Nos hiatos de lucidez, mais do que o batismo mesmo, angustiava-a ignorar o que estaria por suceder-lhe. A volta: para casa? Se dela dependesse, não, não tornaria à cadeira de balanço no quarto, proibida de ir à sala. Doía-lhe ainda a revelação que a matara: de que filho, nora, netos ansiavam pela sua morte logo, a desocupação da cama, do quarto, do guarda-roupa. Ninguém nunca lhe dirigia a palavra, era a hostilidade contra a saúde imbatida. Só Cotinha a visitava e cada vez mais raramente. E enfim nem se suspeitou de que ela própria manipulara os cordéis, o remedinho que bem sabia onde punham, diluído no chá. E a aparência de que se tratara de síncope cardíaca, o que natural seria: a banha pesando-lhe em cima do coração. Cuidaram de sepultá-la sem convite, sem missa, sem carneiro perpétuo, pressa que a fez sorrir. Amáveis enlaçaram-lhe nas mãos seu rosário consumido de rezar. Cotinha, sim lastimou-a. E agora aquele disparate: querer Atanagildo outra vez batizá-la!

— Atanagildo, o meu refresco de manga! Cotinha, meu amor: você forrou a poltrona de que cor?

Cotinha não viera para o batizado, certo que não a avisaram. Ela a teria procurado mal se vissem, emocionadas ambas de abraçar-se. Ou será que Cotinha morreu também? Da gota? Se morre de gota?

Major Sertório deliberava, determinava as providências como se lesse uma ordem do dia alusiva à Retirada da Laguna. Despropósito foi designar padrinho, o coveiro: só porque fosse robusto, o único capaz de sem esforço arrebanhar a velha nos braços?

Embora não se celebrasse o mistério pascal, pois numa sexta-feira estávamos, em procissão a comitiva rumou para o altar-mor, onde já se achava, em pessoa, o senhor arcebispo, o que poucos entenderam: por que o arcebispo e não simples vigário, que desses assuntos ordinariamente cuida?

Preparara-se com certa pompa o recinto, compridos cordões de rosa, arranjos de gladíolos e palmas-desão-jorge, as luzes acesas, círios queimando, o coro empregando-se num salmo que só um dos fiéis acompanhava forçando a espessura da voz: Major Sertório. Notava-se perplexidade no coveiro, trazido como estava, em camiseta de meia e tamancos, aquele aparato o encabulando e perturbando-se com os cavos batecuns que o calçado ocasionava e procurando, sem conseguir, amortecê-los. Perguntou o processante da cerimônia com entonação pausada e perseguindo solenidade:

— Que nome escolhestes para a vossa flha?

Não havia mãe. Não havia pai. Ficou o coveiro sem saber se seria ele a falar. Firme respondeu o major:

— Ulpiana.

Evidentemente faltava tato e primária observação ao celebrante, escravo do rito:

— E vós, padrinhos e madrinhas, deveis ajudar os pais a cumprir sua missão. Estais dispostos a fazê-lo?

Major Sertório entre dentes deixou escapar: "caralho!". Enquanto, desalentado, compreendia o coveiro que lhe incumbia manifestar-se. Ainda olhou em volta e apercebeu-se, e todos, aliás: madrinha não havia. Consultou o major com olhar desgraçado, o major achatou-o, ele fez o que pôde:

— Sim, sim, ilustríssimo senhor.

Homilia breve. Silêncio imposto pelo ritual, em seguida instando o arcebispo a rezarem por essa criança que vai receber a graça do Batismo.

O BATIZADO

A Senhora Ulpiana ruborizou fortemente e, se pudesse, escaparia àquele vexame, o maior que jamais lhe acontecera na vida e após a vida. Chegou a duvidar da realidade daquele batismo anacrônico e insubstancial, de que participava sem meio de fuga.

— Renuncias a Satanás?

A batizanda teve impulso de responder, mas compenetrou-se de que não seria ela a proclamar sua repulsa ao Excelentíssimo. Merda, foi o que pensou e até balbuciou o major, cutucando o coveiro e murmurando palavra que o outro repetiu sem convicção:

— Renuncio.

— E a todas as suas obras?

O padrinho definitivamente assumira seu papel a um aceno do major:

— Renuncio.

— E a todas as suas seduções?

O coveiro inflamou-se, alto e falou:

— Renuncio.

Rapidamente instruído, levantou nos braços a anciã como se levantam os recém-nascidos, transformando os firmes suportes em berço improvisado. Deitada, o olhar na abóbada nua de afrescos, abriu a boca e pediu baixo:

— Nenê, meu anjo: refresco de manga.

As descarnadas pernas lembravam gravetos, o vestido imundo de terra, a palha sem vida dos raros cabelos, gelada pele na chapa da testa, rugas, dezenas, centenas de rugas, o pano epidérmico caído frouxo na ossatura da cara, as órbitas abertas ao máximo, como se presenciassem um estupro. Na igreja, claro escutou-se o triste pedido:

— Manga, meu refresco de manga. Totonia! O Atanagildo borrou-se? Limpa ele, menina. E vai logo passar as camisas do Jofre.

O major audivelmente explodiu: "Puta que a pariu, assim não vai, assim não vai". Com oportunidade e cautela interveio o arcebispo sussurrante:

— Quereis que Ulpiana seja batizada na mesma Fé da Igreja que acabamos de professar?

Major e coveiro, este por aquele instigado:

— Queremos.

— Ulpiana, eu te batizo em nome do Pai (na cabeça despejou água sacramental), do Filho (mais água) e do Espírito Santo (o resto do líquido).

Como estivesse Ulpiana vestida de lilás, depois de ungi-la o celebrante pôs-lhe sobre os ombros veste branca, enquanto na mão direita do coveiro instalava vela acesa, pelo major também agarrada com firmeza tamanha que não se sabe como não se desfez a vela em pasta de cera:

— Recebei a luz de Cristo!

E aliviados escutaram o abençoevosdeustodopoderosopaifilhoeespíritosanto.

Ninguém respondeu além do Major Sertório: "Amém!", como ele somente juntou sua voz acostumada a estremecer regimentos, ao coro para o *Magnificat* final, quando em debandada todos retiraram-se, descontraídos, oxigenando os pulmões com o ar sem incenso do exterior da igreja.

— Adelante!

O adelante impava o major, comunicava-lhe onipotência ao nível do marachelato, a que chegaria, chegaria, tinha certeza. E sabe lá onde mais.

Retomou-se a caminhada. Outro trajeto agora percorriam, à direita dobrava-se, logo adiante para a esquerda, de novo para a direita, em frente, à esquerda, e claro se tornou que andavam compelidos pelo mero capricho – "Adelante!" – tanto faria enveredar por esta como por aquela rua, para aqui ou prosseguir, e ninguém suspeitava do projetado destino senão Major Atanagildo Sertório, que uma vez apenas rápido olhou no rumo da recém-batizada, olhar sem qualquer tepidez.

Gravatas para o João*

* Originalmente publicado no livro *A estranha xícara*.

Está crescido e crescendo o João; o tórax ostenta o fenômeno que a mãe, mulher de médico, chama de ginecomastia. É João Vicente, porém precedeu de alguns anos o famoso João Vicente, famoso por ser menino capaz de dar nó em trilho e esconder as pontas, pelo que informam os jornais. O de que escrevo anda pelos onze anos e no último Natal ganhou de presente quatro gravatas, ao mesmo tempo em que foi julgado apto a usar paletós, pois também recebeu dois casacos de linho, sendo um deles esportivo, com as habituais rachas posteriores. O pai é muito ocupado e não teve paciência de transmitir-lhe o segredo de como deve fazer-se um nó perfeito de gravata. Recorreu, então, aos préstimos do tio, que em meia hora, defronte do espelho, ensinou o ginecomasto a enlaçar no pescoço a inútil faixa de pano. Aliás, esse menino vai longe. Na sua idade é comum a preocupação com revólveres, calças de vaqueiro americano, sapatos para usar sem meias, vitrolas portáteis, aeromodelos, bang-bang no cinema, bolas de futebol. Pois João Vicente pediu ao Papai Noel (no qual não acredita desde quando molhava as fraldas) esta coisa exemplar: um colete! Colete que o pai teve o bom senso de vetar, pois seria tão cômico o João enfiado num colete quanto um Egrégio ministro presidindo de bermudas o Supremo. Essas singularidades de João Vicente comunicaram-se à irmã de nove anos, que não gosta de coca-cola, nem de guaraná, nem de sorvete; gosta de água mineral.

Realmente o que me aterroriza é o apetite do João. Chega a ser avassalador. Seu prato é um apartamento duplex de comida; e coisas substanciais: feijão, carnes gordas, metros de lingüiça. Entre o almoço e o jantar, ele mesmo vai à cozinha e frita os ovos, abre latas de sardinha, derruba queijos inteiros. Já surpreendi seus olhos abrirem-se de gáudio ao deparar, ao centro da mesa, um pernil de oito quilos, dourado na manteiga, escorrendo aquele caldo grosso e belíssimo. Lê os compêndios culinários da mãe, com atenção firme, e vive a apepinar a cozinheira, sugerindo-lhe caldeiradas de peixe, mexilhões no azeite, siris recheados, bacalhoadas olímpicas. É tenebroso o João Vicente. Por isso está crescendo para todos os lados, as calças só faltam estourar nas costuras, as camisas rompem nas cavas, rebentam os botões à pressão do toucinho. Conforme assinalei, ao lado das bacalhoadas, anda o João a preocupar-se com a elegância, coisas que entre si colidem: calorias e coletes não entoam. De qualquer modo, está agora preparado a elaborar um laço de gravata à volta do pescoço que, daqui a anos, ninguém sabe que proporções terá. Meu receio é que, qualquer madrugada dessas, surpreendendo vazia a geladeira, acabe jantando as gravatas.

OBSERVAÇÕES DE UM GATO*

* Originalmente publicado no livro *Flauta de bambu*.

Sou um gato vagabundo. Não fui comprado, deram-me como se dá roupa usada, tinha poucos dias de nascido e minhas pálpebras mal se desgrudavam para permitir o acesso da luz.

É de todos sabido que os gatos apreciam dormir, gastam largo tempo dormindo, preferentemente num recanto onde aconteça sossego e sol. A indolência é hábito poderia dizer muscular dos indivíduos de minha espécie. Os cachorros pulam, exibem-se, raro encontrar-se um que não seja extrovertido e às vezes intrometido mesmo. Os gatos esgueiram-se, soturnos e desgraçados. Somos constitucionalmente lentos e ociosos. Estou mentindo? Tal gênero de vida aguça a faculdade de enxergar o osso dos fatos. Seríamos jornalistas exemplares; saberíamos identificar a exata cor dos episódios, embora levássemos talvez uma semana para escrever a reportagem. Do conforto destas almofadas a tudo assisto, na postura impassível de um mandarim. Foi aliás o nome horrível que me pespegaram: "Mandarim"! Mandarim é..., bem, cala-te boca.

    Cinco pessoas habitam esta casa: o doutor, a velha, a filha, a cozinheira e eu. Geralmente alega-se contra os gatos imperfeição de caráter, a de mostrar-mo-nos falsos. Nada mais infundado e ofensivo até. Falsos por quê? Que então dizer-se dessa gente aí com quem me vejo forçado a conviver? Agora mesmo a velha está cosida ao telefone: emite cochichos e inspeciona as portas receando que a cozinheira bispe fragmentos da conversa. Quer dizer: engazopa o doutor, a quem costuma agarrar-se toda chameguenta, sempre porém quando há espetáculos para o seu teatrinho de colégio de freira. O ingênuo recebe as efusões de rosto feliz, e o que me apepina é o seu ar de sossego animal. Além do mais, a velha ludibria o registro civil, escamoteando pedaços da idade. Está destroçada: na testa, nas bochechas, no pescoço, as pomadas químicas impregnaram a cor do barro seco. A cara parece bombardeada pela aviação alemã, e a pele dos braços trepida numa festa de pelhancas. Mesmo assim, usa roupas ameninadas, constrangendo-se em faixas elásticas. Já a filha é enjoada, isso mesmo: enjoada. Tenho defeitos certamente, mas me considero um gato impessoal, e não tenho por que melhorar os fatos dando-lhes cor otimista. A menina é um purgante capaz de dizimar ninhadas de solitárias, com as minhas escusas pela imagem de mau gosto, mas impecável. Fala ciciando e sibilando, em tom de desfastio, como se se sentisse melindrada por cheiros ruins. Suas frases parece que são construídas com larga antecipação; e a modulação é pernóstica, virgulada de momices. Ontem eu a surpreendi maravilhando-se ao espelho. Estava sozinha e ia sair. Amoleceu os gestos, deixou cascatear olhares oblíquos por cima do ombro direito, encompridou o braço com indolência de gata, deixou desmaiar a mão e ronronou: "Como vaaaaaissss, beeeeemmmm?". Voltei-lhe o rabo indignadíssimo, percebendo que meus pêlos eriçavam. Fui até a cozinha ver se comia as sobras do almoço. Sobras! Nesta casa comida é objeto de joalheria. A velha pendura pelo corpo pedras e metais; a fedelha, idem, e o doutor recebe amigos fartando-se de bebidinhas geladas. Quem presencia tais excessos firma-se na certeza de que o doutor desfruta uma vida de industrial paulista. Tudo empáfias e embustes: os três jantam café-com-leite e pão sem manteiga. E sempre que podem insinuam-se à mesa dos amigos. Os cobradores enxameiam à porta, mas a velha sempre lhes arruma desculpas, despachando-os com sorrisos, enquanto vai o doutor emitindo as suas promissórias. Ignoro como isso tudo vai acabar. A velha mostra-se mais acesa que um fogareiro; a filha, bem, é filha de onça e saiu pintada, e o doutor atrapalha-se nas carteiras cadastrais dos bancos. A cozinheira há três meses não empalma o salário, muito embora a velha a mimoseie de vez em quando com blusas mais que usadas, tudo bem lubrificado com a sua lábia fantástica.

Venho pensando em arribar e escolher local menos falso para dormir e envelhecer. Renuncio desse modo às almofadas do doutor. Sempre será preferível uma vida de vagabundagens, furtando por aí restos de jantar. Afinal, tenho mesmo mau sangue e procedo de ascendentes boêmios, freqüentadores dos telhados e das madrugadas.

O poeta
e a astróloga
em Nova Iorque*

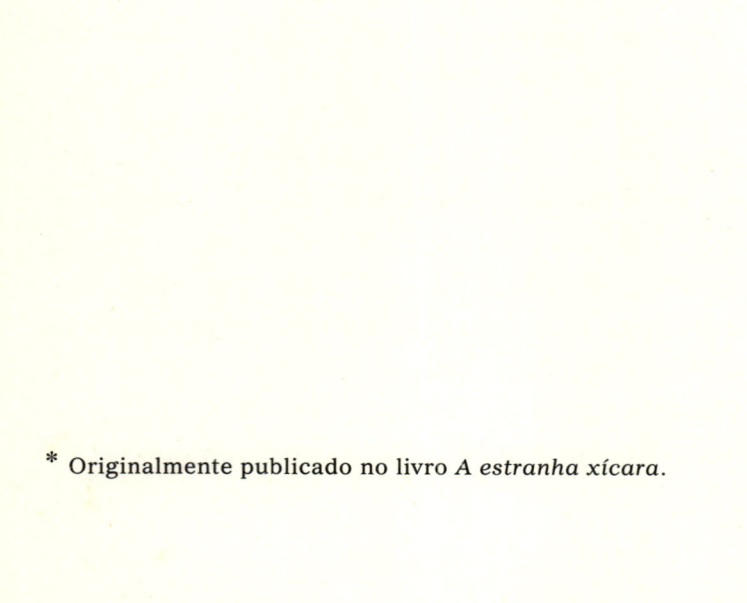

* Originalmente publicado no livro *A estranha xícara*.

Estava em Nova Iorque, por uns dias, no apartamento que um amigo lhe emprestara. Precisou de lavar um terno e resolveu comunicar-se com a tinturaria mais próxima, informando-se no catálogo de telefones. Abriu ao acaso um grosso volume e o seu olhar colidiu em duas ou três linhas de letra miúda, o pequeno anúncio de uma astróloga irlandesa. Se bem me lembro era astróloga, astróloga e frenóloga; irlandesa com certeza. Ficou um momento parado, pensando. E decidiu telefonar para o mundo que lá vinha indicado. Nada tinha de importante a fazer, achou engraçado aquela astróloga irlandesa no catálogo de telefones. Sendo um homem curioso e irrequieto, desejou mordentemente escutar a voz da irlandesa, fazer-lhe perguntas capciosas. Pelo menos seria divertida a entrevista pelo telefone. Não me recordo se me informou, depois, que a voz da astróloga era grave; mas devia ser grave, ainda que bonita: voz de astróloga eu acho que é sempre grave. Uma coisa é

verdadeira: mal a ligação se completou e quando disse boa tarde e o nome, a irlandesa falou, quase imperativamente:
— Preciso lhe falar. É muito urgente. Muito urgente mesmo. Percebo que é necessária, indispensável uma entrevista nossa. Agora. Venha imediatamente, tome um táxi. Identifique-se para a minha secretária que será atendido incontinenti.

Meu amigo ainda ficou uns instantes considerando o episódio. Pensou: é uma irlandesa com aluguel atrasado procurando cliente. Mas ficou seduzido pela aventura, e foi. Havia algumas pessoas na sala de espera; identificou-se e logo a astróloga o recebia. Sou distraído para detalhes, não sei se a irlandesa usava turbante, se era velha ou moça, se havia bola de cristal, se o aposento se mantinha em penumbra. Meu amigo evidentemente estava prevenido e incrédulo; interessava-lhe o caldo da experiência, suas implicações, humanas e humorísticas. A entrevista foi breve. A irlandesa, incisivamente, fez uma incursão medular a fatos acontecidos e íntimos pertinentes ao visitante. Nada do que seria e é comum às pessoas todas nos seus conflitos e pungências; revelou, descobriu pedaços inteiros, marcantes, da vida de meu amigo, sem vacilação nenhuma, sem denunciar que experimentasse o terreno. Falou claríssimo: fulminante. Depois, disse mais ou menos o seguinte:
— O senhor está numa encruzilhada dramática de sua vida. Poderá chegar às culminâncias da glória em sua pátria, ou um acontecimento gravíssimo frustrará tudo de

um golpe. Depende de uma série de circunstâncias, difíceis, muito difíceis de superar. O senhor, logrando contornar esse acontecimento, e está em seu arbítrio, alcançará todo o êxito, todos os sucessos, toda glória.

Meu amigo contou, rindo muito, essa aventura sua em Nova Iorque. Um fato apenas achou curioso: a irlandesa recusou formalmente cobrar-lhe o preço da consulta. Por que, exatamente, ele nunca pôde saber, muito embora admitisse tratar-se de um truque promocional.

Chamava-se Mário o meu amigo, Mário Faustino, poeta e irmão. Seu corpo foi esfacelado, sua carne queimada, tudo tão de repente, numa das últimas madrugadas de novembro.

Feias,
quase cabeludas*

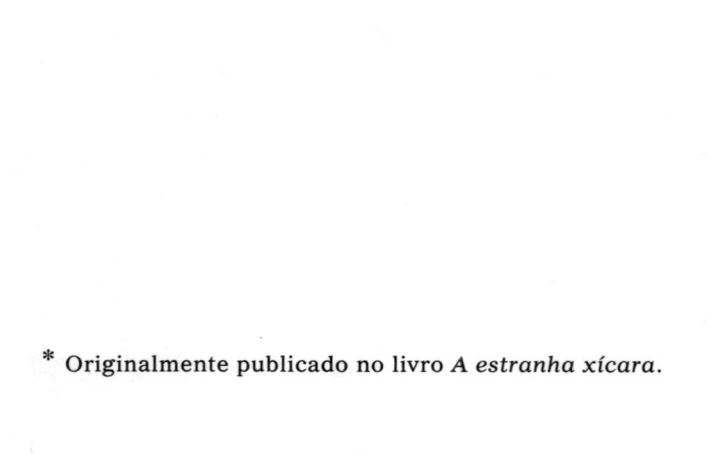

* Originalmente publicado no livro *A estranha xícara*.

Certa vez eu disse a uma senhora, aludindo a uma outra, que ela padecia de logorréia incurável. Observei que a palavra provocou no espírito de minha amiga impressão desconfortante, como se houvesse proferido inconveniência, revelado uma doença íntima, provavelmente crônica, enunciando, enfim, licenciosidade indesculpável. Precisou que eu aclarasse o equívoco, definindo que logorréia, ainda que não pareça, é esta cousa linear e ingênua: incontinência de linguagem, hábito de falar em excesso.

O episódio ensinou-me a não gastar estouvadamente determinadas palavras que possam dar margem a ambigüidades, às vezes penosas de contornar. É perigoso, por exemplo, perigoso e quase desabusado, afirmar de uma senhorita que amanheceu com uma ferida no sincipúcio, muito embora depois se possa vir a saber que sincipúcio é o topo da cabeça.

Não aconselho, a ninguém, louvar-se nos dicionários. Mesmo porque existem palavras que se criaram para não ser usadas, ou porque sejam feitas de aspecto, ou porque o seu uso implicaria na presunção de loucura mansa, quando não significasse pedantaria mesmo. Seria de todo lamentável dizer de uma bela mulher: é pulcrícoma e eupócloma, ainda que uma consulta aos léxicos informasse que se estava pretendendo gabar seus lindos cabelos, finos e encaracolados. E se, a essa bela mulher, sucedesse de possuir a cabeça larga, vistosa – acrescentar que, além de pulcrícoma e eupócloma, era euricéfala; ou esfenocéfala, se a cabeça oferecesse conformação pontiaguda.

A parte do rosto situada entre as duas sobrancelhas chama-se mesófrio. Lá está nos dicionários: mesófrio. Ora, a um noivo minucioso e cálido, que desejasse fazer traquinagens, usando, vamos dizer, os lábios, nessa parte do corpo de sua noiva – daria eu este conselho honesto: faça lá a sua traquinagem, mas resolutamente, sem consultar a noiva previamente, manifestando a intenção de beijar, ou o que seja, o seu mesófrio, porque nesse caso estaria pondo em risco os esponsais, alarmando e cobrindo a moça de rubores, mesmo que esta pudesse ser uma socranca, quero dizer, uma pessoa sonsa.

Funcionassem certas palavras do dicionário, e seria inumerável a espécie de humilhação e constrangimento atribuídos à condição humana. Cousas simples teriam aviltantes nomes, compendiados, é certo, mas felizmente não em curso na linguagem coloquial: anodonte (desculpem) é a pessoa que não tem dentes; angustímano, que tem mãos estreitas; anóleno, que não tem braços; anônfalo, que não tem umbigo; leptoprosopo, que tem o rosto estreito; leptorrino, que tem o nariz delgado; catacego, que tem vista curta; famelga, sujeito franzino com cara de fome; flavípede, que tem os pés amarelos ou amarelados; pilípede, que tem pêlos nos pés; belfudo, que tem os lábios grossos e grandes; dendrófobo, inimigo das árvores; manirroto, que é pródigo, perdulário; manicurto, que é sovina; paquirrino, que tem o nariz grosso; coprolálico, dotado de impulso mórbido que leva a proferir obscenidades; filógino, que tem inclinação pelas mulheres; lacrecanha, mulher velha e desdentada.

 À leitora que me escreve perguntando se se deve ler dicionário "como romance" e se, para escrever razoavelmente, é preciso "aprender muitas palavras", respondo com o que ficou escrito. As palavras são tão difíceis de costurar, são tão árduas, que o melhor, mesmo, é reduzi-las a uma boa e honesta meia dúzia. Não sei (e nem tenho, aliás por que saber) da cor dos olhos dessa leitora que bateu por engano, talvez, à minha porta. Mas se são negros os seus olhos, bastará dizer simplesmente: são negros os seus olhos. Não seria horrível, para exprimir essa coisa singela, dizer que é melanoftalma? Não. Não leia os dicionários como romance, moça. Principalmente (e aí, então, seria o diabo) se padecer de logorréia.

Imaginária conversa em mesa de bar*

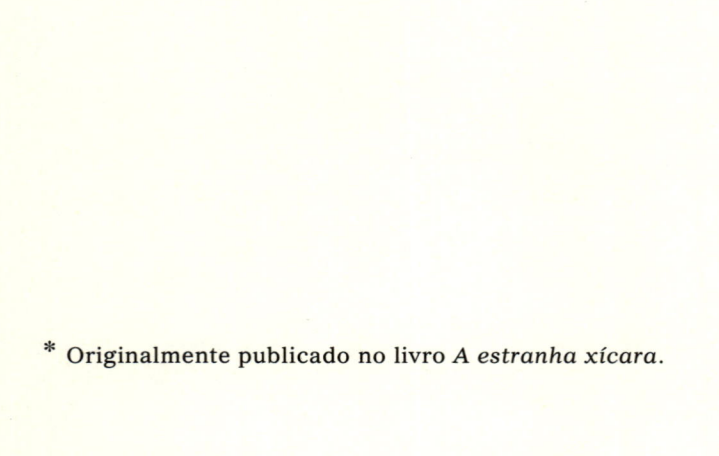

* Originalmente publicado no livro *A estranha xícara*.

VINÍCIUS — "Neste momento todos os bares estão repletos de homens vazios". (*E referindo-se a um amigo ausente*) — "Em que antárticas espumas navegava o navegador, em que brahmas, em que brumas Pedro Nava se afogou?"

DRUMMOMD — "Eu não devia te dizer. Mas essa lua, mas esse conhaque botam a gente comovido como o diabo."

BANDEIRA — "Uma pesada, rude canseira toma-me todo". (*Levantando o corpo*) — "Marcus Vinícius Cruz de Moraes (Melo também), de cruz a cruz eu te saúdo!"

VINÍCIUS — (*Dirigindo-se a Bandeira*) — "Não foste apenas um segredo de poesia e de emoção;

foste uma estrela em meu degredo. Poeta, pai! áspero irmão."

DRUMMOND — "Por isso sou triste, orgulhoso: de ferro."

BANDEIRA — "Ah, como dói viver quando falta a esperança". (*E olhando Drummond bem nos olhos*) – "Chora de manso e no íntimo... Procura curtir sem queixa o mal que te crucia: o mundo é sem piedade e até riria da tua inconsolável amargura. Só a dor enobrece e é grande e é pura. Aprende a amá-la que a amarás um dia. Então ela será tua alegria, e será, ela só, tua ventura."

DRUMMOND — "O amor é isso que você está vendo: hoje beija, amanhã não beija, depois de amanhã é domingo e segunda-feira ninguém sabe o que será." (*E sem aperceber-se da aparente contradição*) — "Amo Fulana tão forte, amo Fulana tão dor, que todo me despedaço e choro, menino, choro".

VINÍCIUS — (*Entrando na conversa*) — "uma mulher me ama e me ilumina".

BANDEIRA — "Amor — chama, e, depois, fumaça...

Medita no que vais fazer: o fumo vem, a chama passa... O que tu chamas paixão, é tão somente curiosidade. E os teus desejos ferventes vão batendo as asas na irrealidade".

DRUMMOND — "Na curva perigosa dos cinqüenta derrapei neste amor. Que dor!".

VINÍCIUS — (*Aludindo à própria paixão*) — "Essa mulher é um mundo — uma cadela talvez... — mas na moldura de uma cama nunca mulher nenhuma foi tão bela!"

BANDEIRA — "Não posso crer que se conceba do amor senão o gozo físico... Beijo pouco, falo menos ainda, Vinícius de Imorais poemas..."

DRUMMOND — "Entretanto você caminha melancólico e vertical."

VINÍCIUS — (*Reatando*) — "A única entre todas a quem dei os carinhos que nunca a outra daria. (*Faz uma pausa*) — "Homem, sou belo; macho, sou forte; poeta, sou altíssimo."

DRUMMOND — "Mas como dói! A tarde talvez fosse azul não houvesse tantos desejos!"

BANDEIRA — "Foi assim que Teresa de Jesus amou..."

VINÍCIUS — "A coisa não é bem essa." (*Gole de uísque*). "As muito feias que me perdoem, mas beleza é fundamental."

BANDEIRA — "A beleza, é em nós que ela existe. A beleza é um conceito. E a beleza é triste. Não é triste em si, mas pelo que há nela de fragilidade e de incerteza."

DRUMMOND — "Que pode uma criatura senão, entre criaturas, amar?" — (*Breve pausa*) — "A sombra azul da tarde nos confrange."

VINÍCIUS — "Hoje me sinto despojado de tudo que não seja música. As lágrimas correm milhões de léguas no meu rosto." (*Gole de uísque*) — "De repente do riso fez-se o pranto silencioso e branco como a bruma."

DRUMMOND — "Agora percebo que estamos amputados e frios. Meu bem, não chores, hoje tem filme de Carlito."(*E aludindo a Bandeira*) — "Enquanto isso o poeta federal tira outro do nariz."

BANDEIRA — "O algodão do Seridó é o melhor do mundo?... Que me importa?"

VINÍCIUS — "Sinto desejos estranhos de mulher grávida. Hei de morrer de amar mais do que pude."

DRUMMOND — "Amor? Amar? Vozes que ouvi, já não me lembra onde..."

VINÍCIUS — "Oh, quem me dera não sonhar mais nunca, nada ter de tristezas nem saudades, ser apenas Moraes sem ser Vinícius!"

DRUMMOND — "Não dramatizes, não invoques, não indagues. Não percas tempo em mentir."

BANDEIRA — (*Procurando quebrar a tensão*) — "O meu dia foi bom, pode a noite descer. (A noite com seus sortilégios) Todos os dias o aeroporto em frente me dá lições de partir."

DRUMMOND — (*Com picardia, referindo-se obviamente a Vinícius*) — "Tinha uma pedra no meio do caminho. Nunca me esquecerei desse acontecimento na vida de minhas retinas tão fatigados."

VINÍCIUS — (*Replicando*) — "Meu São Francisco de Assis, dai- me muitíssima paciência."

BANDEIRA — (*Ainda procurando dissipar a tensão*) — "Bendita a morte, que é o fim de todos os Milagres."

VINÍCIUS — (*Levantando-se e saindo*) "Não quero glórias, pompas adeus!.."

DRUMMOND — (*Falando para si mesmo, depois de outro conhaque*) — "Há muito suspeitei o velho em mim. Ainda criança, já me atormentava." (E levantando-se também) — "O dia estragado como uma fruta."

BANDEIRA — "Quero beber! Cantar asneiras no esto brutal das bebedeiras que tudo emborca e faz em caco... Evoé Baco!"

(*O garçom recolhe a gorjeta, os copos; desce a madrugada.*)

Quiquiqui*

* Originalmente publicado no livro *Vôo de galinha*.

A magreza de João Lima resultava de crônica desnutrição, que cachaça não alimenta, cachaça até anestesia o apetite, põe a cara vermelha, etc. Gabava-se João Lima de que nas suas porradas de rua usava a testa para derrubar o outro. Testa contra testa. "Eu chamo aos peitos assim", e figurava a cena como se agarrasse o inimigo pela camisa, e o puxasse de surpresa e violentamente, aparando-o com a testa que devia ser de aço, pois ilesa saía, enquanto a do adversário rachava e o sangue melava a cara. Os outros seriam mais magros certamente e pelo visto quase anões, pois de que forma explicar que João Lima os abatesse sempre, com simples testada? Preso foi muitas vezes, muitas vezes recolhido do chão dos botequins e levado para casa, onde a mãe só dormia, antigamente era assim, quando ele chegava. Ela valeu-se de tudo: macumba, novenas, chás, promessas, homeopatias: João Lima todos os dias embebedava-se até cair, na vida não aprendeu fazer outra coisa.

Morreu tuberculoso no último estágio, os pulmões esburacados, o fígado inchado feito um fibroma. Poucos o conheciam por João Lima. Como gaguejasse muito, sobretudo em ocasiões de raiva, era chamado de Quiquiqui.

O INVENTOR*

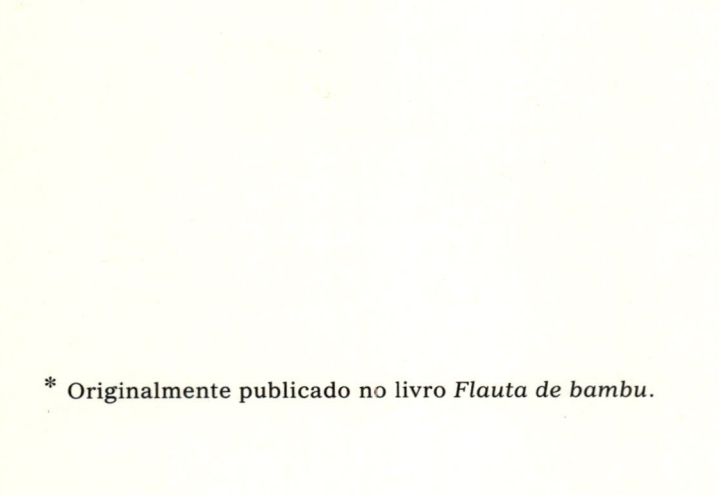

* Originalmente publicado no livro *Flauta de bambu*.

Um homem conheci no Baixo Amazonas, de quem tudo poderia dizer-se menos que não fosse imaginoso. Melo chamava-se ele. Antônio Melo?, Leandro, Francisco, José Melo? Não lhe guardei o prenome, faz tanto tempo!

Poderia ter simplificado sua vida, permitindo contaminar-se pelo mormaço municipal, conversa pelas esquinas, à porta da farmácia, o uso na rua da blusa de pijama e dos chinelos, galinha guisada à mesa do promotor. Capitulação seria e essa capitulação não iria consentir-se: era irrequieto, imaginoso, singular. A si próprio prometeu enfrentar a monotonia local fazendo coisas. Que coisas? A viuvez e os proventos da aposentadoria não lhe davam cuidados de dinheiro. Dispunha de rede para dormir e de almoço farto para almoçar; jantava chá e frutas, e antes de recolher-se para dormir traçava meio litro de leite de uma vaca de suas relações.

Proprietário era de cabeça descomunal, a mais descomunal, talvez, do município. Os amigos a ele aludiam: A

Cabeça!, homenageando-lhe a inteligência, enquanto que os demais, e eram a maioria, não o conheciam por Melo e sim pelo óbvio apelido: "Cabeção". No espaçoso salão craniano não vicejavam idéias alpinas; mas a elas não podia negar-se o toque da originalidade. Porque era homem de muitas artes.

Lá um dia formigaram-lhe desejos de fabricar um queijo flamengo. Fabricou realmente o queijo flamengo, servindo-se justamente do leite da vaca referida. Não provei do queijo, mas é de acreditar que lhe houvesse saído das mãos queijo exemplar. De outra feita, teimou em construir um piano e piano de cauda. O projeto acabou resumindo-se a um de armário, porque não dispunha de espaço em casa para acomodar a cauda do inútil, para ele, instrumento, e inútil porque não sabia distinguir um dó de um fá. A verdade é que planejou e executou o piano, que tanto lhe custou em esperas e cuidados. Da Europa mandou vir cordas, pedais, lâminas de marfim e ingredientes outros. Enquanto aguardava a encomenda, aplainou tábuas, poliu-as, recortou as teclas, concebeu os martelos e o tampo. Alguns anos gastou na empresa, mas proporcionou-se o gosto de acabá-lo. Também, só fabricou um piano, em cujo frontispício afixou pequeno cartão de metal com o próprio nome – MELO, que bem não soa batizando pianos, como Pleyel, por exemplo. Toca-se num Pleyel, mas que pianista arriscaria sua reputação tocando num *Melo*?

Como disse, metia-se em curiosos projetos, únicos. Que me lembre, fabricou um guarda-chuva de seda, uma bicicleta, charutos baianos. Enfastiado de dar emprego às mãos, acudiu-lhe um dia desembrutecer um bruto. Seria a sua obra-prima, trabalho de paciência e caridade. Não sei através de que expedientes, trouxe o Melo para casa um índio nu e cru, que andava pelos dezesseis anos, embora externamente homem pronto. Dispunha-se o obstinado obreiro nada mais nada menos a isto: transformar o bronco num letrado. Passou a consumir dias inteiros, à volta da mesa do jantar, tendo pela frente o selvagem, a soletrar, rabiscar, insistir, persistir, possuído de determinação anormal. Uma tarde, o índio exasperou-se. Agarrou o Melo pelos botões do pijama, deitou-o por terra, cavalgou-o e infligiu-lhe surra que deixou o desgraçado mestre tão estarrecido quanto equimosado, a cara vermelha de taponas, os ossos moídos, o nariz esborrachado. O bruto surrou o Melo e fugiu para o mato, horrorizado talvez com semelhante homem, que se obstinava em repetir-lhe palavras monótonas.

 A partir de então, perdi de vista o inventor, que soube viver acionado por estimulantes sensações, numa cidade presidida pela mediocridade. Minha imaginação tem vôo modesto para idealizar em que assuntos andará metendo-se ele. Aventuro-me a palpitar que ande a distrair os olhos pelo mundo cósmico, fabricando luas vermelhas, quem sabe? Também impossível não será justo neste momento esteja torneando o corpo, as bordas e a asa de um urinol de louça portuguesa.

A MÃO*

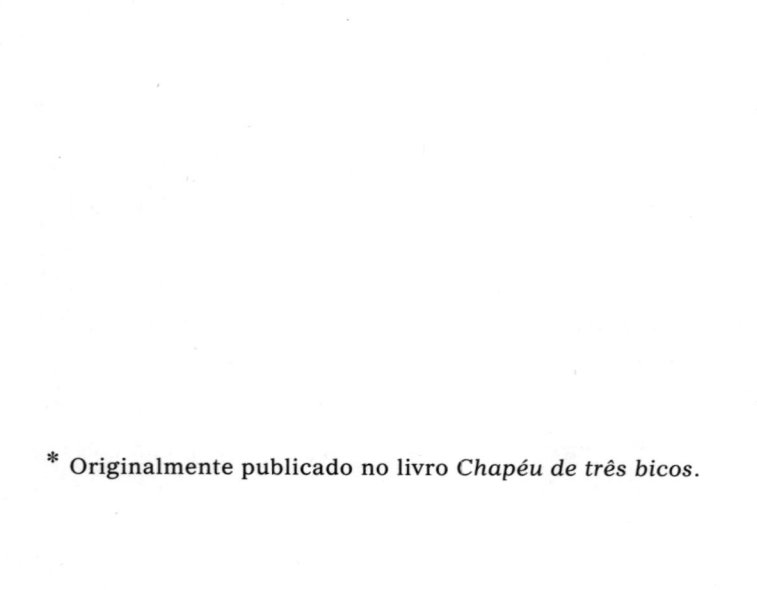

* Originalmente publicado no livro *Chapéu de três bicos*.

Os fatos precipitavam-se perigosamente quando um gato cinzento me salvou. Ir além ou retroceder – urgia tudo operar-se num instante, sem mais dúvidas, sem mais a paciência de cada coisa posta em seu lugar: como se movem calmas as peças do xadrez. A decisão impunha-se.

Vivia a premência de ser a mão decepada: porque entrava a inchar, como luva de borracha que se vai soprando, entulhada de artérias que cresciam, vermes gordos multiplicados na angústia do espaço, e estabelecendo pela fricção, de bichos inquietos, pelo sangue quase empoçado na área palmar e nas cinco vias tortas, aquele nível febril avaliado em ritmo compulsivo.

Sim, houve quem duvidasse da deliberação de ainda assim salvar o repulsivo apêndice, sem mais função preênsil, quando mais não fosse pelo desconforto plástico da fenda na geografia do corpo, imprestado absolutamente para agarrar caneta ou garfo, percorrer a pele amante com a antiga sabedoria, folhear veloz o catálogo de telefones, obter alfinetes, lavar, untar, pentear os cabelos, beber firme o uísque, quase projetando o gole à garganta sem molhar as paredes da boca, apertar mãos alheias e sacudi-las com indiferença ou afeto, mijar bem, dar adeuses, amistosas porradas na garupa do cachorro, quebrar a cara de um patife, raspar a barba, atar, desatar abotoaduras, exibir largamente as armas de São Francisco.

Um bruto, recordo suas palavras, falou que mais simples, rápido, seria de uma vez decepar, pronto: as dores iam-se, evaporava a febre, a cor doente sumia; depois, mão, não era mesmo mais, massa roxa e deformada, nímia teimosia. Decepar. Decepar não seria bem, que assim nas salas assépticas não se faz: ou seja, a amputação de um golpe como no cepo dos açougues, não. Levemente, a lâmina cirúrgica riscaria fina pulseira que logo se tingiria de rubro mel. Pudesse ousar, e testemunharia eu próprio a aptidão dos cortes, vendo adentrar-se a faca nas camadas de músculos, deslocando a pele, fendendo vasos de grossos e estreitos calibres, até os capilares mais pressentidos do que vistos, e logo pinçados para sobrestar repuxos, porque, se não, acabariam esgotando a torrente vermelha num entrecruzar de jatos breves e de maior alcance, embora aceitável o acabarem-se autotamponando-se as incisões, pela coagulação – assuntos que só e só me palpitam, nunca vi, nunca veria, mais desossador de frangos e que definitivamente não saberia efetuar um crime de mala chamado, pela inépcia de desarticular os membros, adequadamente apartar a cabeça, trinchar o tronco, ajeitar, arrumar os nacos na valise, célere, para não ocasionar suspeitas no cheiro filtrado das comissuras da mala. Tenho pedido para dormir quando me sacrificam dente havido por estragado; de modo que imagino apenas, porque exigiria a narcose, jamais assistindo ao certamente cuidadoso óbito da amada mão, e não suposta tanto amada, que entrava, entra, a arroxear-se embutida ainda no punho, peça inteiriça que não obstante se mexe.

Propriamente não era o calmo despertar de um sonho admitido, como se na penumbra emergisse turbante de gaze: sem propósito enganoso ocupando o espaço da mão extinta, porque escamotear não se podia a evidência, que acabaria por expor-se nua, denunciando a extremidade faltosa do braço; cicatrizado, roliço, como se depois de cerzido houvesse sido limado, polido, falo grosso, rijo sempre.

Em secundário plano, mas de modo intenso, preocupava-me o sepultamento da mão, a sua certidão de óbito, sem a qual não haveria funeral veraz. Na praia, clandestinamente, num subúrbio à noite, ou no relvado de jardim público, repelente a idéia parecia-me, porque a mão, rompida do todo, corpo era.

Mais me afligiam as implicações jurídicas do óbito. Porra: não se devia jogar a mão pela janela, a mão desgarrada e negra na rua, sujeita a ser pisada, atropelada como frango batido na grelha. Atirá-la pela lixeira –ligeiro seria; enterrá-la sem rito nenhum, assim como quem cava buraco e enterra um rato: sacanagem. Seria grossa sacanagem com a mão. Puta que a pariu: seria sacanagem sem tamanho. Caralhoporrapica: a mão, a minha mão, que é minha, era minha, por ela clamo e postulo: merecia compatíveis exéquias. Porque houve ou não houve um óbito, merda? A mão morreu, aliás há muito tempo que vinha morrendo; os dedos não se mexem, murcharam como pau de velho engelhado. Vê-se que está encarquilhando-se, não é que feda, não apuro o cheiro, mas tangível é a precipitada formação de espécie de capa enrugada e lívida, quando ainda há pouco era pele viva, embora como se disse defuntando-se, roxa a cor, como a do açaí, as cinco vias entupindo-se de sangue pastoso, cada vez mais pastoso. Não que desejasse sepultamento formal, de luxo; merda, caralho, por que o luxo?

    Bem que tentei resistir, dividi-me realmente, mas telefonei: para a funerária. Falei tenso, sem motivo dissimulei minha voz, mas fui direto: que providências tomar para. Pela primeira vez escutei a técnica definição: sepultamento parcial. A informação: o documento necessário, modelo próprio a preencherem no hospital, que habilitaria o membro a lograr o. Preço, quis saber, não me disseram, só quando fosse tratar. Compreendi que oscilava a tabela para mais se a mão houvesse assinado altos cheques e valiosos papéis. E a mão, onde está? A mão não havia, vai haver, vai haver, e sem despedir-me desliguei. Irritava-me o designado modelo próprio, possivelmente comprado em papelaria, espécie de atestado de óbito, o que seria contradição minha, que desejava um mínimo de solenidade, que não haveria sem o formulário. E sem formulário?, quis eu saber. Bem, se o próprio, a família, interesse não manifestar, desinformada de que o apêndice é objeto de funeral, supondo que a rotina hospitalar a deitaria fora, de mistura com gaze ensangüentada, tiras de pele, pedaços de algodão, restos de tendões, na lata do lixo: bem, explicou a funerária: o hospital naquele caso direto mandará acompanhado de papel, se os parentes da mão, logo dela esquecidos, ocuparem-se da cicatrização, da mitigação das dores, da convalescença, da alta, da terapia da porrada psicológica. Se há corpos inteiros defuntos, que prontamente se esquecem, quanto mais simples pedaço, libra inútil de carne. Hospital embrulharia, não havendo porque retê-la no frigorífico, nem podendo deixá-la ir de mistura com os detritos das cirurgias: despacharia para a Santa! Casa! Da Misericórdia!, a qual então sem cuidados maiores, embrulhada em jornal provavelmente, enterraria de uma vez como indigente. Se é que fariam constar que, nos registros; e não se imporiam trabalhos de enterrar, dariam para gato comer.

Aconteceu-me sonhar com a mão andando no chão como caranguejo. Ela vinha vindo, torta e deliberada para me agarrar, não largar nunca mais, cravar-se no meu braço como que para reinserir-se, reembutir-se, reassimilar-se ao corpo. A mão avançava, e eu tinha medo, como se fosse, e parecia, um bicho.

A idéia infiltrou-se, minando-me, tudo era uma grande merda, não passava tudo de grande merda mesmo. Olhava o mar, o verde movendo-se, sentado na rampa de pedra, a espuma fria me espetava a cara. Seria simples: abrir a maleta e usar de um golpe o cutelo comprado no açougue loucamente, metendo na mão do homem dinheiro tão absurdo que ele espantado entregou logo, logo a afiada arma suja de sangue, como se fosse usual comércio venderem-se cutelos nos açougues, sem ao menos limpá-los, sem embrulhar, nada.

A obsessão antiga do mar, aquela massa vasta e limpa, decente cemitério para a querida, que muito trabalhou e muito amou, leve acarinhou cabeleiras, amornou epidermes e hábil premindo-as que se encrespava a penugem, a boa filha duma puta. Ia para o mar; ninguém sacanearia com ela, não. O mar que a consumisse com seus frutos, o seu sal, quem sabe restasse fragmento de osso, alvo, gasto, distraído brincaria por momentos e de novo jogaria fora numa petelecada.

Num salto rápido, o gato alcançou uma pedra adiante e ficou espiando o mar também, depois se ocultou num desnível, tornou a surgir e eu o via de perfil, elástico se distendia, armava o pulo, as patas retesadas, transpondo os espaços; distraía-me o gato, distraiu-me o gato.

De uma coisa não tenho mais por que duvidar: de que tudo devo, tudo, a um gato, que me salvou. Com nitidez me lembro que seu pêlo era cinzento.

O leite em pó da bondade humana*

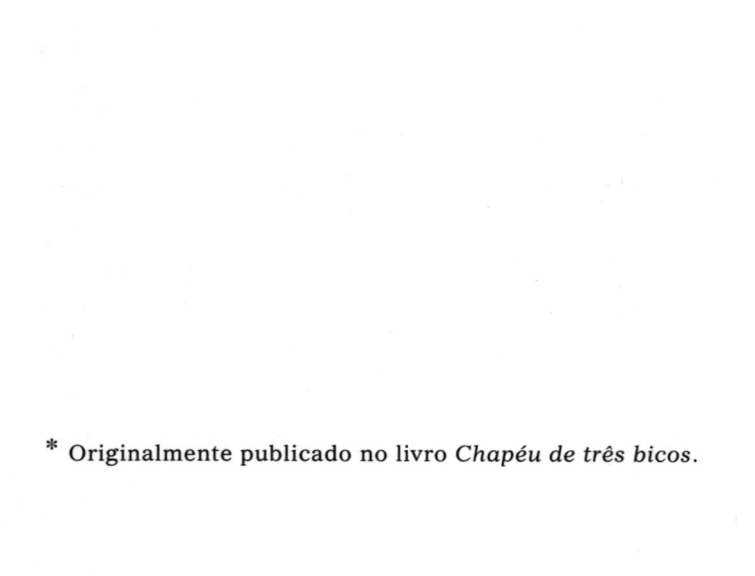

* Originalmente publicado no livro *Chapéu de três bicos*.

O filho da puta agarrou-me pela camisa com a mão esquerda, levantou-me do soalho como se levantasse um menino e derrubou-me: um soco no centro da cara. A dor não sei como suportei, que o golpe trazia o peso e a potência da raiva. O sangue vazava do nariz e invadia-me a boca. Eu resfolegava feito um bicho morrendo, e quando aspirava, entravam golfadas mornas, que em seguida refluíam ensopando e tingindo a camisa. Rolei e de bruços, com as mãos protegi as orelhas e a fronte, retesei as pernas para resguardar o sexo, iludido de que a providência evitasse tudo o mais. De propósito deixaram-me em paz uns momentos, acho que de propósito. Ninguém falava ou se mexia. Imóvel também me mantinha, os olhos apertados, as mãos rigidamente aplicadas aos ouvidos, como se vedá-los me encapsulasse em esfera de aço, que força alguma romperia. Incomodava o frio da madeira na barriga, que a camisa em tiras expusera, um dos sapatos nem vi quando saltou do pé. Nada sucedia além do silêncio e da minha tensão. Cheguei a admitir que me haviam largado, convencidos enfim de que eu nada sabia, quem era o *Baiano*, onde morava o *Baiano*, em que local estivera o *Baiano* na tarde do dia 3, se o encontro fora no Cinema Roxy ou no apartamento do Grajaú. Adiantou dizer e redizer que jamais pusera meus pés no Grajaú, que baianos conheço muitos, mas não o dito *Baiano*?

— Ã, num sabe não, seu putinho de merda? Olhe só, comandante, ele tá dizendo que não sabe não.

O comandante não falava, não aparecia na área atingida pela luz do abajur; à sombra retraía-se, e de relance pude divisar o quê?, a mera silhueta, magro e alto, mais nada. Em dado momento, recordei este lugar-comum de fita policial: o sujeito embaixo de lâmpadas de 500 velas protegidas por saia metálica, e os animais em volta. Pois copiavam o cinema barato, os putos. Na ilha quente eu transpirava demais, a luminosidade aturdia e quase cegava. O que me sustinha era lembrar-me de Júlia, Júlia. Em Júlia centrava-me com obsessão e quase me sentia olhando seus olhos, próximos de centímetros dos meus, cerrados na ressaca do febril amor nosso, escutava-lhe as felizes palavras murmuradas, via abrir-se um sorriso sossegado – o que enrijecia a vontade de resistir à dor e a tudo. Pensava: "Não grito. Não grito. Os filhos da puta podem me estourar que não grito. Júlia. Júlia. Eu não vou gritar, não, Júlia!". Os dentes tranquei e um nome veio, devagar do subsolo da memória: Giuliana, Giuliana Isfrán de Martinez, paraguaia: submetida a bestial suplício, nada confessou, porque nada tinha a confessar. Não se acovardou, não se vergou, culpas não admitiu para livrar-se dos algozes. Giuliana Isfrán de Martinez minha irmã.

Quando me relaxava, certo de que no chão ficaria em algum repouso, recebo patada no rim esquerdo, outra, mais outra, de todos os lados, punhais de couro quase rompendo-me a carne. Meus dentes sem explicação não se partiram, pressionados uns sobre os outros, cimentados, ou soldados, para não deixar fugir os gritos, que socava na garganta; não urrava, a cada pontapé gemia, gemido só por mim percebido, quando um coice me acertou no calcanhar nu, irradiando descarga elétrica até a nuca: a perna perdeu o comando, foi afastada, voltaram-me o peito para cima, enquanto vibravam pancada no escroto, que me desacordou.

Despertei sobressaltado, um jorro atirado na cara, bofetada líquida. Propriamente não despertei, que despertar é acenderem-se os sentidos como se acionados por interruptor. Entreabri os olhos lentamente: bastante inchados estavam. Não era sono, e vigília não era, mas estado pós-comatoso, difuso, um não saber onde se está, se é dia, se é noite, se é domingo, se houve terremoto na cidade, no mundo, o que houve, um lembrar-se de absurdos, se o tintureiro entregou a calça de gabardine, se mandei colocar meia-sola no sapato de camurça, se haveria hoje aula de Química. Novamente librava em clima de anestesia, minutos?, horas?, dias? E comecei a definir, na boca, induvidoso gosto: de urina e merda. Isso acordou-me plenamente, como se com força me puxassem as orelhas ou se enfiassem aceso um charuto no cu. Não podia mover-me, creio que apresentava fraturas ósseas, só deviam ser fraturas, nem com as mãos alcançava os lábios e o nariz para remover os dejetos, cuspir não conseguia, e angustiado ansiava por livrar-me da imundície, usando se pudesse a camisa como esfregão. Só aí perceberia que nu me largaram no soalho de quarto pobre de móveis, as paredes carunchosas de infiltrações; no teto, telhas aparentes e diminuta clarabóia, o que me deu a certeza de bem antiga ser a construção, de alto pé-direito. Notei uma cama: o colchão recheado de capim mostrava manchas e rasgões; travesseiro e lençol seriam luxo. Fora não obstante abandonado no chão; desde quando? Faltavam-me respostas para as perguntas que me assaltavam. Não sabia estimar a gravidade das lesões. Ardia a garganta e agredia-me sede intensa, fome não, mas sede, e na boca o travo de sangue, mijo e merda. O não cuspir angustiava-me, nem ao menos conseguia umedecer os beiços chagados. A dor cobria o corpo até as unhas dos pés, mas na cabeça é que se concentrava, suportada à custa de raiva, de raiva e de amor, Júlia!, como se me esmigalhasse as têmporas uma roda de ferro, pesada, pesada roda de ferro, tudo pesado, pernas, mão, o ato mesmo de pensar doía. Quando tornei a mim, achava-me deitado na cama, um cheiro nauseante – éter?, mas hospital não seria e isso logo constatei. Para mim, um mínimo de força recobrada significava onipotência: comandante dos meus sentidos, reconhecia as coisas ao redor, situava-me embora fisicamente reduzido à semi-imobilidade. Deliberei efetuar eu próprio uma anamnese e reconstituí nomes, datas, lugares, identifiquei os objetos que me cercavam, já podia rolar os olhos nas órbitas, sem entretanto suspeitar onde me acoitavam, em que bairro ou cidade convalescia. Convalescia? *Índio, Mãozinha, Gravatá*: nomes familiares que ouvia. O comandante. Mãozinha: alusão às patas de fera embutidas nos punhos.

"Te serve aí, *Mãozinha*."

A frase veio-me nítida, eu a escutara certamente, e sepultada ficou quanto tempo?

"Te serve aí, *Mãozinha*".

Eram muitos, revezavam-se, sempre visavam à genitália, como se meu sexo fosse insuportável, como se precisassem estragar-me aí justamente, emascular-me, para não enrabar nunca mais as putas que os cagaram.

Estaria capado? A dúvida insinuou-se a princípio, depois firmou-se. Não achava como palpar-me, as mãos inertes, supus que de alguma forma me lesassem um nervo ou o cerebelo. Um aviador amigo contou-me que seu avião fora seqüestrado: o revólver do jovem roçava-lhe a nuca, alarmava-o, podia detonar sem querer e meu amigo entendeu de convencê-lo a desistir, isso é suicídio, loucura, coisas assim. O menino, vinte anos ou pouco mais, nada respondeu, a cara de pedra; apenas baixou as calças: estava capado como um porco! O piloto disse "olha garoto guarda o teu revólver que eu levo a porra deste avião pra onde vocês quiserem". E levou.

Dormia, acordava, às vezes baixava sonolência irresistível que entretanto não me levava à inconsciência absoluta. Bruscamente fui sacudido, estremeci: *Índio* arrancou-me da cama e atirou-me sentado numa cadeira, amarrou-me as mãos e os pés, como se fosse fugir, incapaz que estava de afugentar um mosquito. Certo não seria para prevenir fuga impossível, senão para mais amassar minhas últimas defesas psicológicas, enfraquecê-las e vulnerá-las, aumentando a impressão de desamparo. Falar eu fracamente conseguia, violentando-me, eu próprio perseguindo a recuperação. Automaticamente repetia as frases estereotipadas no cérebro.

"Não sei quem é. Não sei. Não sei quem é o *Baiano*. Não sei. Não sei."

Pude falar mais alto:

"Caralho! Não compreenderam que eu não sei?"

Júlia entrou no quarto atropeladamente que quase vai ao chão: sacudia-me de alto a baixo um sobressalto. Júlia era assim: os olhos cheios de medo, pálida como nunca vira ninguém. Voltara eu à plena lucidez, para não duvidar da presença transtornada, o rosto inchado de esperar e sofrer.

Ilusão não seria: Júlia ali estava. Falar não conseguíamos, as palavras acuadas na laringe. De que forma explicar essa mudez nossa e aquela inércia? Seria de supor que tentasse livrar-se das tenazes que a imobilizavam, correndo para o seu homem ferido a dois metros. E no entanto impassível deixou ficar-se, o pavor a soldar-lhe os pés ao chão, sonada como os pugilistas quando batidos fortemente na cabeça. Agarrando-a pelo braço, *Índio* empurrou-a para o centro do quarto. Quis levantar-me, ingênua reação do ódio amarrado. Aquela selvageria transtornando me punha, se me soltassem esmurraria o bandido. Compreendendo, ele nela aplicou palmada demorada, permitindo-lhe as carnes amadas, e riu patifamente: para me magoar mais que tudo. Fiz um esforço, que de dor me queimava a pele e a alma, desejava o impossível; desfaleci.

    Desfalecia, acordava, tornava ao sono, à vigília tornava, nos fluxos e refluxos, só que vagarosos e arrítmicos, das marés. Não sei o que fez lembrar-me de Isabel, tínhamos oito?, nove anos?, numa varanda do colégio esperávamos que fossem buscar-nos depois das aulas. Debruçou-se no gradil, impaciente por que surgisse a babá, a barra do vestido ergueu-se na parte posterior desvendando a calcinha de renda. Sua babá era alemã, enérgica, não sorria nunca. Doía insuportavelmente a cabeça, resumo ou feixe das dores espalhadas. A princípio vi chispas douradas, compridas caudas de cometas, como vivas centelhas de um bloco de ouro martelado por gigante, e do qual saíssem lascas rápidas sucedendo-se. Depois, não sei, como saberia recompor cronologicamente as lembranças, ou sonho seria?

Surpreendi-me falando alto:

— "Losango cáqui!"

Losango? Como é o losango?, tem as linhas do púbis? Losango? É forma geométrica ou bicho? Cáqui é roupa ou cor de roupa? O puto do comandante estaria de cáqui, na sombra covarde? Esforçava-me, como se da solução daquele esforço resultasse a liberdade. Me soltariam?, me matariam?, simulariam suicídio projetando-me de um andar alto, ou enforcando-me com meu próprio cinturão? Se me mutilassem preferia morrer. O menino de vinte castrado, o aviador me disse que viu, o local mal cicatrizado: na emasculação usaram faca de cozinha e costuraram sem competência, enfermeiro improvisado em cirurgião, ou cirurgião burro. Teriam me capado? Verdade é que mexer-me era impossível, a articulação do braço partida certamente, a mão esmagada, o que mais teriam inutilizado? Os cúleos. Nitidamente subiram à memória, que trabalhava acionada por alta rotação, antiguíssimos tormentos, nomes e minúcias. Quando lera isso, onde? Os cúleos, sacos grossos de couro: onde se costuravam os parricidas, juntamente com uma cobra, um cachorro, um galo e um macaco, e os atiravam ao mar. O empapelamento: depunham o desgraçado da extremidade de alto pau e o puxavam pelos pés até o trespassarem. Cifonismo. As designações, nem por serem esdrúxulas e inusuais, lembrava-as com precisão merecedora de registro, em abono da minha lucidez reconquistada. Cifonismo: amarrado a uma árvore, nu, lambuzado de mel, ficava o infeliz exposto ao deleite dos insetos. Carfia: pendurava-se a vítima por ganchos cravados nas mãos ou nos pés, até a morte, sempre tudo até a morte. O largar: esmagava-se o mártir a golpes de viga, como os lagareiros procedem em relação às uvas. A tortura mais horripilante, que naquele instante me sobressaltava e pela qual temi, a alma eriçada: o esburga-pernas. Botas apertadas eram calçadas à força, botas de couro cru, por baixo das quais se acendia fogo lento, que lento encolhia o couro, assando pés e pernas; e então com violência extrema tiravam as botas, vindo grudadas pele, gordura, cartilagens, expondo o esqueleto com restos de carne e sangue. A calcinha de Isabel, lembro bem, enrijeceu o jovem peruzinho, foi minha primeira, fremente emoção. Meses atrás encontrei Isabel saindo de um cinema em Maceió, vasta como o aeroporto de Nova Iorque: quase lhe peço a benção. "A benção, mamãe!" Ela não respondeu mais. Estava em meus braços, sacudia-a, não se mexeu mais. Puseram espelho colado à boca, não se embaçou; alfinetaram-lhe a palma de um dos pés, sem qualquer reação. Injetaram-lhe um líquido no abdômen e o líquido refluiu para a seringa: estava morta e eu saí em prontos pela rua. Albinoni. Quinteto para oboé e cordas; dele me lembrei e isso alarmou-me, temendo pela minha sanidade:

um completo fodido de mãos e pés amarrados lembrar-se de Albinoni! Teriam me torturado botando ao máximo volume o Quinteto de Albinoni? Não. Esses quadrúpedes ouviram lá falar de Albinoni?!, nem o comandante poltrão, nem ele! Resistiria a novos espancamentos? Pensei, firme, em Giuliana Isfrán de Martinez; em Júlia. Iam me matar. Iam me matar. De relance, divisei os contornos, o volume, as cores de meus objetos mais queridos, aquele marcador de livros de marfim, lâmina breve que nunca usei e que às vezes encontro entre papéis e me dá prazer. Voltaria a sentar na poltrona verde musgo para ler meus livros? O bilhete falava de muito amor, muito amor houvera mesmo, chegamos um dia a rolar da cama para o chão encerado, em pé nos amávamos, às vezes íamos saindo, já descíamos o elevador, a carne alegre, quando matreiramente nos olhávamos, sorríamos – e de novo subíamos para a deleitosa luta corporal. Sobressaltei-me falando alto:

"*Al mare!*"

E me enxergava rápido caminhando na direção da praia, vestindo sunga, mas descalço, toalha atirada ao ombro, estirando o braço direito e apontando a água já próxima e, como que incitando todo mundo a seguir-me, estrepitoso bradava e até inconvenientemente:

"*Al mare! Al mare!*"

O grito retirou-me da letargia em que freqüentemente me afundava, após hiatos de lucidez. Sentia febre elevada porque delirava, à minha frente transitavam como num palco fatos miúdos e remotos, os quais nunca me ocorreram, nunca.

Sofia Loren, o vestido ensopado, bebendo água com as mãos em concha. A caneta Parker 51 que me roubaram, era novidade, foi das primeiras Parker 51 chegadas, pouca gente conhecia. Meu amigo morreu de enfarte no Paquistão, eu o vi de súbito na fila do Metro Copacabana. OU do Cinema Roxy? Fazia frio, ventava: ele usava japona azul com dourados botões. A estupidez deter em casa o retrato do velho, coisa sem nenhum propósito, por quê?, que tivemos a ver um com o outro?, velho bolorento, sacana, medalhão: foda-se! Foda-se, velho escroto! A água escorria dos cabelos de Marianinha saindo da banheira tufada de flocos de sabão.

Há quantos minutos, quantas horas ou dias estava Júlia de pé no meio do quarto, paralisada pelo braço peludo que era um tronco de árvore? Reabri os olhos levemente, a claridade atordoou-me: Giuliana, não Júlia. Compreendi que recomandava meus sentidos quando entraram quatro cavalos, os passos faziam trepidar as tábuas do soalho. *Índio* empurrou Júlia para a cama, enquanto com sofreguidão lhe rasgavam a roupa e a expunham nua. Nua! Não a escutava; *via* que gritava, debatia-se, chegou a tapar o sexo com uma das mãos; mas foi domada como se doma um potro, e a apalpavam, e riam e sobre ela caíram e nela um a um escabujaram. Reuni minhas forças derradeiras, tudo o que desgraçadamente pude fazer: urrei. Tenho certeza de que meu urro foi pavoroso e carregava o ódio do mundo, todo o ódio do mundo:

"Fi-lhos- da- pu-ta!"

Atingiram-me com pontapé ou murro, não sei, não lembro onde; mas tão potente que a cabeça tombou como a de um morto.

No começo, pareceu-me vago murmúrio intermitente, que progredia em minha direção, espécie de tropel; a muita distância esse tropel. De instante a instante o silêncio tornava, como se de um gole saísse do ar transmissão radiofônica, e logo voltasse, e de novo sumisse. Murmúrio monótono, devagar foram os sons se escandindo, discriminando-se, mais agudos, mais graves, mais intensos, menos intensos. Fraca, mas nitidamente, identificou-se o ruído como flechas que zunissem: regularidade, ritmo, não ocorria; mas de quando em vez passavam as flechas com atemorizante velocidade: Zuuuuummmm. Zuuuuummmm. Zuuuuummmm. Entrou-me pelas narinas aroma seco mas confortável, e o rosto ardia, mas febre não era. Aspirei forte, encheram-se os pulmões, e só então percebi cheiro de mato lavado pelo orvalho. Com bastante esforço entreabri os olhos: era o sol.

BIBLIOGRAFIA

MARANHÃO, Haroldo. *Chapéu de três bicos*. Estrela, 1975.

_____. *A estranha xícara*. Saga, Rio de Janeiro, 1968.

_____. *Flauta de bambu*. Mobral, Rio de Janeiro, 1982. Prêmio União Brasileira de Escritores/ SP, 1981

_____. *Jogos infantis*. Livraria Francisco Alves Editora, Rio de Janeiro, 1986

_____. *A morte de Haroldo Maranhão*. GPM Editora, São Paulo, 1981. Prêmio Nacional Mobral de Crônicas e Contos 1979.

_____. *O nariz curvo*. Secult / IOE, Belém, 2001.

_____. *As peles frias*. Livraria Francisco Alves Editora, Rio de Janeiro; INL, Brasília, 1983. Prêmio do Instituto Nacional do Livro 1981.

_____. *Vôo de galinha*. Grafisa, Belém, 1978.

Este livro foi composto em Thimes New Roman PS MT

para a Editora Planeta do Brasil

em maio de 2005.